Die Verwandlungen der Venus

Richard Fedor Leopold Dehmel

copyright © 2023 Culturea éditions
Herausgeber: Culturea (34, Hérault)
Druck: BOD - In de Tarpen 42, Norderstedt (Deutschland)
Website: http://culturea.fr
Kontakt: infos@culturea.fr
ISBN:9791041904396
Veröffentlichungsdatum: Januar 2023
Layout und Design: https://reedsy.com/
Dieses Buch wurde mit der Schriftart Bauer Bodoni gesetzt.
Alle Rechte für alle Länder vorbehalten.
ER WIRT MIR GEBEN

Erotische Rhapsodie mit einer moralischen Ouvertüre

Das entschleierte Schwesternpaar

Moralische Burleske

Sie war geflochten aus besten Stricken,
aus bleiverknoteten, festen, dicken,
meine Geißel nämlich   und der Stil
so grad recht handlich zum Prügelspiel.
Doch nein: es sollte ja ernst zugehn:
ich wollte das Schandweib blutig karbatschen,
diese alte Prüde mal zappeln sehn.
Also rasch in den Frack! in die Ecke die Latschen,
die Lackschuh an, Glacés, Chapeau,
damit nicht etwa, käm ich so
als Mensch blos, ohne den Affenschniepel,
Verdacht entstünde: hinaus, du Rüpel!
Ich las noch einmal die Adresse:
Frau Geheime Komm.-Rat J. von Kohn
etcetera   die »Kommission«
verschwieg man, schien's, aus Delikatesse.
Eine Krone drüber, riesengroß,
ersetzte das »geborne« Schwänzchen.
Da war ich geladen zum Lesekränzchen.
Denn, verehrter Leser, ich träumte blos.

Hm! dacht' ich: wie wird sie mich begrüßen?
Wahrhaftig, sie hatte Carrière gemacht,
hatte mich immer schon ausgelacht
na warte, Kröte, heut sollst du's büßen!
Ich übte Probe; verdammt, das zog,
wie die Knute um Wade und Schienbein flog!
Ich knöpfte sie zärtlich unter die Weste,
ich übte den Handgriff, es ging aufs beste.
Noch ein Blick in den Spiegel! famos, famos,
das wird ein lustiges Lesekränzchen:
erst Faust von Goethe, und dann mein Tänzchen!
Faust??   Wie gesagt, ich träumte blos.

Wo hatt ich sie eigentlich kennen gelernt?

Seltsam! ich sann und sann und sinnte,
meine Gedanken waren wie Stinte:
kaum da, schon wieder weit entfernt.
Ich lief und lief, durch Zeit und Raum,
von Straße zu Straße, in meinem Traum:
ich wußte genau, ich kannte sie
seit je, die Dame *Prüderie*
und doch: wer war sie?   Das war ja rein
zum Rasendwerden mit dieser Fratze:
Doch immer die selbe! dies Blinzeln! Nein,
doch nicht! bald lüstern, fast wie'n Schwein,
bald wie'ne Schlange, nein wie'ne Katze.
Und dennoch   Teufel, ich irr mich nicht:
um diese vielfältigen Blicke immer
das selbe zahme Kaninchengesicht,
nein Affengesicht, nein Hühnchengesicht,
das selbe süßlederne Frauenzimmer.

Ah   ja natürlich! klar wie Butter:
erst war sie die Tochter von unserm Paster.
Die warnte mich stets vor dem Pfad der Laster;
dann wurde sie heimlich Fräulein Mutter.
Das heißt, nicht etwa von meiner Seite,
ich wußte noch nicht, was der Vogel gepfiffen,
ich nahm die Worte noch für die Leute;
ein Andrer, der hatte sie besser begriffen.

Und dann: weiß Gott, das war sie ja auch:
die Frau Patin mit dem verschämten Bauch.
Ihr seliger Gatte war sehr verderbt,
er hatte ihr einen Apoll vererbt
mit nichts als einem Blatt zum Kleide;
drum band sie ihm, so geht die Fabel,
aus himmelblauer chinesischer Seide
ein christliches Mäntelchen vor den Nabel.

Nein! Himmel! es war ja ihr Fräulein Base:
das ethisch-ästhetische Fräulein Lucinde,
die mit der Entenschnabelnase
und dem Traktätchen »Die Kunst der Sünde«.
Sie hatte sich züchtig nach einem Mann
in den vornehmsten Zeitungen umgetan,
doch wollte Keiner die Tugend belohnen;
nun schrieb sie poetische Rezensionen.
Ganz Deutschland pries ihren edlen Stil
ob seiner fließenden Reinlichkeit;
besonders Dehmel'n besprach sie viel

und beklagte seine Peinlichkeit.
In Höherem Auftrag ließ sie auch,
der Staat bewilligte die Mittel,
ein Werk erscheinen mit dem Titel:
»Das verbesserte Volkslied zum Schulgebrauch«.
An den Anfang war als Motto gestellt:
»Hähnchen von Tharau ist's, das mir gefällt«.

Und immer neue! Verdammte Hexe,
kaum bist du Eine, so sind es sechse
Herrgott, nun ist sie gar ein Mann:
der Herr Seelenforscher von nebenan,
Privatdozent und Licentiat,
der den wunderschönen Vollbart hat,
er schwingt fürs Frauenwohl die Feder.
In Schriften spricht er und vom Katheder
über die höhere Sinnlichkeit
aller wahrhaft sittlich Emanzipierten
und die sexuelle Verworfenheit
und perversen Affekte der Prostituierten;
er will ein kirchliches Zuchthaus gründen
zur Korrektur der natürlichen Sünden.
Die termini technici liebt er nämlich,
so ein Fremdwort finden die Damen scharmant;
deutsch klingt gleich alles so beschämlich
und zehnmal weniger intressant.
Drum ist er, nur aus besagtem Grunde,
bei einem Spezialarzt ständiger Kunde.

Ah, da geht er ja wieder; Herr, warten Sie doch!
was machen Sie denn so breite Beine?!
Nein, er ist's ja garnicht   ah: Frau von Knoch
mit ihrem Möpschen an der Leine,
seine verehrte Gönnerin.
Ach nein: Frau Konsistorialrat Klooß,
mit dem würdevoll wackelnden Doppelkinn,
die »Witwen- und Waisen-Beschützerin«
und Fünfmillionenbesitzerin,
geborene Freiin von   Kronensproß.
Ihr Neffe, der war ein deutscher Dichter,
so einer von dem verruchten Gelichter,
die alles beim rechten Namen nennen
und gar keine moralischen Rücksichten kennen;
dem hat sie natürlich ihr Haus verschlossen.
Und da hat der Mensch die Frechheit besessen,
angeblich aus Mangel an Kleidung und Essen,
und hat sich 'ne Kugel durchs Herz geschossen.

Und immer neue! Mein Schädel brannte,
während ich so durch die Straßen rannte;
ich lief und lief wie spukgeschreckt.
Aus allen Mienen, aus allen Blicken,
als hätte ein Teufel die Welt beleckt,
schien mir dies Weibsbild entgegenzunicken.
Seitdem ich die Nase ins Leben gesteckt,
war sie mir über den Weg gekrochen
mit ihrem frommen Kaninchengesicht,
nein Katzengesicht, nein Hühnchengesicht,
mit ihren schlangengeschmeidigen Knochen.

Sie hatte so'was in den Augen,
das schien sich einem ums Herz zu stricken,
alle Liebe drin zu ersticken
und jede Männlichkeit auszusaugen.
Und wo man hinkam, war sie zu treffen,
sie schien die reine Gesellschaftsklette;
sie ließen sich Alle geduldig äffen
von dieser verzuckerten glatten Kokette
mit ihren ahnungslosen Mienen,
die   seltsam   nimmer zu altern schienen
und die ich auch niemals jung gesehn;
ihr schien die Natur aus dem Wege zu gehn.
Zwar: sie auch ihr! denn sonderbar:
kein Haus, in dem dies Rackervieh
nicht irgendmal zu finden war,
blos in den Hütten des Volkes nie.

Und immer, waren wir mal zu Zwein
und ich wollte der Hexe die Wahrheit geigen,
so ein Lächeln und Lispeln: »lassen Sie sein,
geliebter Freund! wie süß dies Schweigen!«
und ein Seufzen, ein schmachtendes Fächerwiegen:
»ich weiß ja, alles ist natürlich!«
und ein lüstern lauerndes Hüftenbiegen:
»im Wort nur ist es ungebührlich!«
Dann aber, wie bei Leckerein
die Eßbegierden rasch verfliegen,
fing plötzlich so ein glasiger Schein
ihre schwülen Blicke an zu lähmen;
ich konnte den Ekel kaum bezähmen,
ich fluchte, um nicht auszuspein.
Das brachte sie jedesmal zum Lachen:
»Sie wollen die Welt wohl besser machen?«

Nur manchmal, wenn sie wie in Schauern,

als ob sich ihr Gefühl ertappte,
die Lider über die Augen klappte,
empfand ich was wie ein Bedauern:
vielleicht steckt doch in all dem Schleim
ein kleiner verschimmelter Edelkeim.
Ich spürte dann immer so ein Jucken
in allen fünf Fingern, ihr die Mucken
mal mit der Karbatsche auszuplätten;
man weiß ja, Prügel und dann ein Kuß
ist verrückten Weibern ein Hochgenuß
Das war das Letzte, das konnte sie retten.

Herjee, das war's ja, das wollt'ich ja eben!
und siehe da: schon bin ich zur Stelle.
Sie thronte, von ihrem Stab umgeben,
der kleine Herr Gatte stand dick daneben,
grad gegenüber der Zimmerschwelle.
Die persischen Polster und Teppiche strahlten
im weißen Schimmer der Glühlichtblüten,
die Teelöffel klirrten, Brillanten sprühten,
die Seidenroben rauschten und prahlten;
auch sprach man schon. Ich legte die Rechte
verbindlich an mein Westenlätzchen
und   fühlte nach meiner Knutenflechte;
sie steckte sicher; na warte, Schätzchen!

Laut: Gnä'je Frau, ich habe das Glück.
Sie schien mich garnicht wiederzukennen.
Ich nahm die Ehre, mich zu nennen.
»Ah, der neue Herr Lektor. Ein'n Augenblick.«

Natürlich! sie hatte jetzt höhere Ziele,
die Geheime Komm.-Rat J. von Kohn,
als ihre plebejischen Kinderspiele;
sie war ja bei Hofe Vertrauensperson.
Sonst schien sie aber nicht verändert,
nur sozusagen zart konserviert,
die verschleierten Augen pikant umrändert,
und das Haar im »Jugendstil« frisiert.
Dem Herrn Geheimen schien, wie Allen,
seine Geheime sehr zu gefallen.

Nun fing man an von Kunst zu sprechen.
Der Herr Geheime sprach: Verßeihn Se,
wenn ich so frei bin aufzubrechen,
ich habe Geschäfte beim Hofrat Heinse.
»Oh« »leider« »bitte« bedauerndes Lächeln,

Verbeugen und Neigen und Wangenfächeln.
»Ja, leider dringende Kommission,«
verschwand mit Würde Herr J. von Kohn;
nun ging es hoffentlich bald los.

Ich sah mich um   i, Gott soll schützen,
da schienen ja lauter Bekannte zu sitzen!
Da rechts: Frau Konsistorialrat Klooß,
geborene Freiin von Kronensproß.
Da: Fräulein Lucinde von Entenschnabel.
Da die Pate mit dem verbundenen Nabel,
und Frau von Knoch mit ihrem Begleiter,
und die Pastertochter   na, und so weiter:
das ganze verehrliche Lesekränzchen,
wie sie da saßen und standen, die Biedern,
auf ihren unaussprechlichen Gliedern,
germanische wie semitische Pflänzchen:
o Boccaccio, göttlicher Schmetterling,
dies Häufchen Gemüse in Einer Schüssel,
das wär was gewesen für Deinen Rüssel,
wenn nicht auch Dir der Spaß verging!
Ja, die Frau Geheime war unbestritten
in den weitesten Kreisen wohlgelitten.

Gott sei getrommelt und gepfiffen:
jetzt winkte sie. Die ganze Herde
schien plötzlich ehrfurchtsvoll ergriffen,
und mit entsprechender Geberde
sprach die Geheime: »Lieben Freunde,
ich bin entzückt und hingerissen,
daß meine treue Kunstgemeinde
so fest zusammenhält. Sie wissen,
daß wir uns heute dem unendlich
von uns verehrten wundervollen
Genie von Weimar widmen wollen;
das heißt mit Auswahl selbstverständlich.
Ich darf wohl bitten   hier, mein Lieber,«
das ging an meine Wenigkeit,
sie reichte mir den Faust herüber
»die gestrichenen Stellen abzuachten;
wenn's dann gefällig, wir sind bereit.«

Ich sah in das Buch; zwei Diener brachten
mir Lesepult und Wasserglas;
ich sah in das Buch. Ei Teufel   Das,
das ging wahrhaftig über den Spaß:
da war ja *Alles,* schien's, gestrichen.

Na, ich nahm Platz, die Diener schlichen
lautlos hinaus, ich machte tief
mein Kompliment, mein Auge lief
die Blätter durch   aha! hier oben
ein ganz besonders fetter Strich
Und salbungsvoll das Kinn gehoben,
begann ich ernst und feierlich:

»Ein Jeder lernt nur, was er lernen kann,
Vergebens daß ihr wissenschaftlich schweift;
Doch wer den Augenblick ergreift«
man horchte auf   »das ist der rechte Mann.
Ihr seid noch ziemlich wohlgebaut«,
Fräulein Lucinde nickte zart;
»An Kühnheit wird's euch auch nicht fehlen.
Und wenn ihr euch nur selbst vertraut«,
ich griff mir schmachtend in den Bart,
Fräulein Lucinde saß erstarrt,
»Vertraun euch auch die andern Seelen,
Besonders lernt die Weiber führen«,
der Pastertochter wurde schwach.
»Es ist ihr ewig Weh und Ach«
die Pate schien der Schlag zu rühren,
»So tausendfach«
Frau Klooß erkannte mit Gewimmer:
Herr Gott, das wird ja immer schlimmer
»aus Einem Punkte zu kurieren.
Und wenn ihr halbweg ehrbar tut«,
jetzt ging ein Ächzen durch das Zimmer,
»Versteht das Pülslein wohl zu drücken«,
die Frau Geheime schien zu sticken,
»Habt ihr sie alle unterm Hut.
Und faßt ihr sie mit feurig schlauen Blicken«,
schrie ich   »verdammte Heuchlerbrut,
Wohl um die schlanke Hüfte frei,
Zu sehn, wie fest geschnürt sie sei«
da platzte die Bombe: ein Jammergeschrei:
die Frau Geheime lag auf dem Rücken.

Und krach! auf die Diele das Wasserglas
und den Lesetisch, und heraus die Knute:
»Nu hoppla, hopp, Frau Zimperschnute!
Karline, jetzt kommt der Kontrabaß!
jetzt will ich dir zeigen, wie man streicht!«
und knautsch, da hatt ich sie beim Wickel.
Ei, alle Wetter: dies dicke Karnickel,
das war ja wie'ne Puppe leicht!

Und plötzlich: Himmel, was war denn *Das:*
Fräulein Lucinde sank fassungslos
dem Herrn vom Frauenwohl in den Schooß,
die Pate schnappte leichenblaß
nach Luft: in meinen Fingern saß
 die Frau Geheime bibberte nur
ihre ganze Jugendstilfrisur.
Und auf der grau strupphaarigen Platte
 mir schauderte   ein Schurf und Schinn,
ein Schund und Schmiericht, als klebte drin
die ganze abgekratzte Pomade
von zehn Jahrhunderten festgefilzt,
so eingeschimmelt und verpilzt.

Die ganze Bande lag in Krämpfen;
na wart't, Kanaljen, es kommt noch besser,
ich will euch schon die Ohnmacht dämpfen!
Und schnipp schnapp flitz: mein Taschenmesser:
herrjee, wie wurden sie plötzlich munter!
Frau Klooß, geborene Freiin, schrie:
»Allmächtiger Vater, er mordet sie«
und holterdipolter, stuhlüber stuhlunter,
als ob ein Satan zwischen sie führe,
das ganze verehrliche Lesekränzchen,
germanische wie semitische Pflänzchen,
klabotter klabatter hinaus zur Türe.

»So, Schatz!« ich nahm sie sacht beim Ränzchen,
zum Glück hatt ich noch Handschuh an
»jetzt wollen wir mal, wie zwischen Mann
und Weib das manchmal soll passieren,
uns etwas näher inspizieren!«
Und rietsch raatsch runter die Brüsseler Spitzen
und Seidenfranjen und Sammetlitzen,
und schlitz   an knöpfen war nicht zu denken,
so war die Kracke verschnürt und verschnallt :
das Taschenmesser! und : brrr, schnitt's kalt
und heiß mir selber in allen Gelenken,
wie da aus Flunker und Flitter und Flatter,
aus Fetzengeknitter und Fadengeknatter,
aus Watte und Wolle und Fischbeinzacken
und Gummi-Busen und -Hinterbacken
mit Winseln und Betteln und Strampeln und Schelten
sich diese vermickerten Knickknochen pellten.

Ich stand   na, wie klein Hans beim Drecke.
Zum Henker! um diese verschrumpelte Schrippe,

dies Bastardklümpchen von Spinne und Schnecke,
dies dürre, lahme Altjungferngerippe,
da hatte ich Narr mich so geplagt?
Zwar: Jungfer   Das zu untersuchen
bei diesem verbrutzelten Hutzelkuchen,
das hätte wohl kaum ein Arzt gewagt.
Ich konnte mich immer noch nicht fassen;
blos heimlich wünscht'ich, hätt ich ihr doch
das Hemde wenigstens angelassen!
Pfui Teufel, wie sie da vor mir kroch
mit ihren Faltenschlitzen und Runzeln,
mit ihren Zottelzitzen und Zunzeln,
mit ihren ausgetrockneten Waden
und eingetrockneten Hinterfladen
fast entsank die Geißel meinen Armen,
mein Ekel stieg bis zum Erbarmen.

Lern aber einer die Weiber kennen!
Noch eben mitten in Zappeln und Flennen:
kaum merkte sie meine Männerschwäche,
ich merkt'es selber erst durch sie,
es war die reine Telepathie:
da grinst und äugelt mich die freche
Vettel mit ihrer geschminkten Fratze
so von unten über die Achsel an,
daß mir's durch beide Nieren rann.
Ich weiß nicht, ob die alte Katze
mich etwa zu   beglücken dachte,
ob sie sich über mich lustig machte,
ob diese abgetakelte Ratze
in ihrer kahlen Scheußlichkeit
meinte, sie sei dadurch gefeit:
ich fühlte nur plötzlich eine Wut,
mir schien das ganze erbärmliche Blut
unsrer verjammerlappten Zeit
in dieser Hexe zusammengebreit,
und   »So! nu zappel, verwünschte Pute,
jetzt bin ich mit meiner Geduld zu Rand«,
hol'ich zum Hieb aus mit der Knute,
da   legt sich sanft um meine Hand
und rührt mich bis ins weheste Mark
wie junge Liebe so still und stark
und warm, um meinen Hals gebogen,
ein Arm. Und mild, voll Stolz und Huld,
tönt eines Atems leises Wogen:
»Laß ab! sie büßt mit ihrer *Schuld*.«

Und wie sich nun mein Nacken wendet,
von Schauern mächtig überwallt,
da steh ich scheu und fast geblendet
vor einer schimmernden Gestalt.
Im bleichen Kreis der Glühlichtglocken
ist ihre Nacktheit heller Tag,
es spielt ein Schein um Stirn und Locken
wie Blütenschmelz im Frühlingshag.
Zur Hüfte nieder um die Brüste
fließt mantelschwer ihr offnes Haar
und wogt und flimmert dämmerklar,
als ob ein Morgenwind es küßte.
Weiß leuchtet aus der schlanken Rechten,
zum Gruß geneigt und zum Gebot,
ein Lilienstab, den dunkelrot
zwei volle Rosen hoch umflechten;
so steht sie wehrend, wundersam
beglänzt. Und ich   mich überkam
ein Ahnen wie Erinnerung,
ein Sehnen, neu und kinderjung:
ich hatte sie nie noch nirgendwo
gesehn, und wie mir dennoch so
ihr freudig Auge, seelenweit,
und ihres Mundes Zärtlichkeit
jedwedes Faserchen tief innen
zu lauter Andacht ließ gerinnen:
ach, war's denn nicht, als sähe wieder
meine liebe Mutter zu mir nieder?

Und wie nun fromm und ganz befangen
mein Blick an ihr zu Boden wollte
und doch in bangem Hinverlangen,
da doch ihr Haar an Ohr und Wangen
und Brüsten schmeichelnd sie umrollte,
mein Herz nach ihrer Schönheit schrie,
als müßtest Du mir, Du, mit weiten
Armen aus ihr entgegenschreiten,
du Eine, Einzige, die mir nie
ein Wort noch Winkchen vorenthalten,
nicht Seel noch Leibs geheimste Falten,
seit endlich dein an mein Herz schlug
Und wie's so immer inniger drängte
und wie mich süß und süßer tränkte
der dunklen Rosen Wohlgeruch:
es riß mich nieder ihr zu Füßen
und machte *meine* Arme breit:
»wer bist du, Weib, in deiner süßen,

in deiner milden, herben, süßen,
unsagbar süßen Herrlichkeit?«

Und aus der Rechten sacht zur Linken
läßt sie das Blumenszepter sinken,
dann spricht sie, über mich geneigt,
nimmt mir die Geißel aus der Hand nun,
nimmt eines Teppichs bunten Rand nun,
indem sie ihn der Andern reicht,
und winkt ihr mit der Lilie: »Geh!
bedecke dich! es tut mir weh,
in deiner Blöße dich zu sehn.«
Und wieder über mich geneigt nun,
indeß die Andre scheu entweicht nun,
tönt ihres Atems leises Wehn:
»Was war's doch, was in liebsten Lüsten,
wenn Lippen sich und Seelen küßten,
den trunknen Blick dir ganz benahm,
was dich im reinsten Rausch der Wonnen,
tief in ein Andres einversponnen,
wie willige Blindheit überkam?
Dann warst du Mein! ich bin die *Scham*.

Mußt dich aber nicht gleich, mein Bester,«
senkte sie lächelnd die Lilienblüten,
»so um alles in Eifer wüten.
Die da, meine mißratene Schwester,«
nickte sie neckisch nach der Tür hin,
während sie mir den Scheitel zauste
und ihre zierlichen Nüstern krauste,
»Die da ist schon über Gebühr hin
durch die eigene Ohnmacht gestraft:
fehlt ihr zur rechten Freude die Kraft.
Hat ja viele Seelen zu Sklaven,
alle die Biedern, alle die Braven
vom werten Orden der Gleißnerschaft,
alle die zahmen, ewig alten,
sinnelahmen Halben und Kalten,
scheint ein gar gewaltiger Bund,
ist aber doch nur   nun eben Schund.
Haben die Welt nie aufgehalten;
und alles, was sie zu Stande brachten,
und ihrer Weisheit letzter Grund
ist   ihr gegenseitig Verachten.
Können sich nicht gesund betrachten,
weil ihrem armen dünnen Blut
jedes freie Lüftchen wehe tut,

und machen drum aus ihrer Not
ein Gebot.

Und, Lieber,« streicht sie zart mein Haar,
»der Heuchler meint die Lüge wahr,
der Wahre muß ihn nur verstehn!
Wenn Kraft und Schönheit nackend gehn,
man würde sich nicht sehr beklagen;
doch etwas schwerer zu vertragen
ist Häßliches, bei Licht besehn.«

Und während silbern noch im Ohr mir
ihr fröhlich stolz Gelächter klingt,
winkt mit den Rosen sie empor mir
und spricht: »Ein schlechter Boden bringt
aus echter Wurzel schlechte Blüte.
Und wer mit schwächlichem Gemüte
sich schämt, der ist zur Scham verdorben;
doch ist sie drum nit ausgestorben.
Wer Löwe ist, der gönnt der Katze
den Mäusefang in seiner Welt;
sie will auch leben. *Jede Fratze
zeugt für den Gott, den sie entstellt.*«

So beugt sie sich mit gnädigem Kusse
in heller Anmut zu mir hin,
und ich, ich fühle ihrem Gruße
mein ganz Gefühl entgegenglühn
und nur noch, wie's mich übermannte,
ich wieder an ihr niedersank,
mein Mund auf ihren Brüsten brannte,
ich ihre Lenden dann umspannte,
ihr Haar mir um die Finger schlang,
die Stirn geschmiegt in ihren Schooß
Sie aber, hold und mütterlich,
zupft mich am Ohr: »Ich bitte dich,
mein lieber Mensch! was willst? laß los!
ermuntre dich: du   träumst ja blos.«

Die Verwandlungen der Venus

Nachtwache eines Sehers der Liebe

Niemals sah ich die Nacht beglänzter!
Diamantisch reizen die Fernen.
Durch mein staubiges Kellerfenster
schielt der Schein der Gaslaternen,

schielt auf meine frierenden Hände,
und mich quälen Wollustbilder.
Grau sind diese nackten Wände;
doch sie flimmern. Und mein wilder

irrender Wille kann sich nicht mehr täuschen:
unsre Lüste wollen fruchtbar sein.
Mit den Schatten meiner keuschen
Kammer spielt ein schwüler Schein:

an den hohen Häusern drüben glühen
aus der Finsternis die Fenster,
wo die Freudenmädchen blühen
niemals sah ich die Nacht beglänzter!

Und die Sterne sind wie brennende Blicke;
Welten sehnen sich nach mir!
Ich verschmachte. Ich ersticke.
Ja: ich frevelte an ihr

ihr, der ich entrinnen wollte
und mich wie ein Mönch verkroch,
der dem Licht der Sinne grollte,
aber es entzückt ihn doch!

Selbst in meiner kalten Zelle
fühle ich das Leben toben,
der ich wagte, dieses schnelle
Herz zu dämpfen. Aber oben

über meinem dunklen Tale,

Venus, seh ich angebrannt
Deine flammenden Fanale.
Und den Blick hinaufgewandt

ruf ich aus dem tiefen Turme
meiner Ängste zu dir hoch:
Göttin, wandle dich zum Wurme,
sei im Wurme Göttin noch!

Sausend schaukelt eine Not mein Herz
wie in erster süßer Knabenfrühe;
ich verschmachte! ich verglühe!
jeder Stern ist mir ein Schmerz!

Ihre Strahlen sind wie stechende Ruten
marternd, wenn du mich nicht kühlst,
wenn nicht Du mit deinem gnädigen Blute
meine dürstende Inbrunst stillst!

Sieh, da lichtet sich ein neues Fenster,
zuckt ein steiler Kerzenstreifen
niemals sah ich die Nacht beglänzter!
Ja, entzünde dich dem Reifen,

Ewige, lächle! Deine Kerzen bleiben;
alle andern sind verblichen.
Hinter jenen schwarzen Scheiben
schlafen alle Ordentlichen

schlafen, wie sie immer schliefen,
wenn die Gottheit Ordnung *schuf,*
während mir aus magischen Tiefen
auftaucht mit melodischem Ruf

Venus Anadyomene

Das ist die alte Stimme wieder,
aus langen Träumen jung erwacht.
Sie sang die allerersten Lieder,
trunken und schüchtern. Sie singt und lacht:

Über dem grünen Roggenmeere
wiegte die Glut zwei Pfauenaugen.

Blühend roch die brütende Leere.
Tief im grünen Roggenmeere
lag ein Knabe mit blauen Augen.

Das war, als du noch Fehle hattest,
noch alte Furcht und fremde Scham,
als du noch keine Seele hattest,
die nur aus *Deinem* Blut dir kam.

Aber du sahst die Falter leuchten,
mit flackernden Flügeln bunt sich greifen;
träumte dir von zwei dunkelfeuchten
Augen, und die sahst du leuchten
unter bunten, flatternden Schleifen.

Das war die Zeit des Schaums der Säfte,
die Ähren stäubten gelben Seim;
vieltausendjährige Sehnsuchtskräfte
erregten schwellend einen Keim.

Ahntest unterm andern Kleide
andre nackte Glieder klopfen.
Deine Hände flackerten beide.
In die einsam heiße Haide
quoll ein erster Samentropfen.

Das tat die Sehnsucht dieser Erde,
die opfernd um die Sonne schweift.
Sie sprach das allererste Werde.
Auf! Die Sprache der Mannheit reift.

. . . .

Habe Dank, du dunkle Geisterstimme!
Ja, du hilfst mir meine Not begreifen.
Auf! ich fühl's, wie trüb ich glimme;
laß uns nach Erleuchtung schweifen!

Mühsam von Enttäuschung zu Enttäuschung
hab ich mich hierher gewunden,
um in eisiger Verkeuschung
starr zum Gleichmut zu gesunden.

O! noch Einmal war mir aufgegangen
zweier Augen lockende Hoffnungsmacht:
eines Sommerglückes Prangen
mitten in der Winternacht.

Als mein Herz am allerinnigsten bebte
  Wundertäterin, hoffst du *noch?*
schloß ich's ein in dies verspinnewebte
kahle Vorstadtkellerloch.

Wie's mich anhöhnt! Hinter mir, ihr Geister,
schnarcht die Mitwelt meiner Zelle:
mein schwerhöriger Schustermeister,
und sein närrischer Altgeselle.

Wochendurch hat dieser ledige
Fleischfeind christlich mich zerrauft,
Schmachtriemsweisheit mir gepredigt;
Tolstoi hab ich ihn getauft.

Nacht für Nacht versucht von Träumen
dehn'ich mich auf meinem harten Lager,
immer zuchtloser mich bäumend,
immer gieriger, immer magrer.

Wie mich hungert! Wie die roten
Freudenfenster drüben blinken:
Blut, von dem die scheinbar toten
Geister meines Innern trinken.

Trinkt! Beleuchtet mir die Pfade,
die wir trunken einst geirrt,
daß mir endlich, endlich doch die Gnade
glutgeläuterter Erkenntnis wird!

Steig empor, du übersehr verschönte
Jünglingslust mit deiner üppigen Zierde!
Ja, ich hör mich, wie ich nach dir stöhnte,
ferne Göttin meiner ersten Begierde,

Venus Primitiva!

O daß der Kuß doch ewig dauern möchte
  starr stand, wie Binsen starr, der Schwarm der Gäste
der Kuß doch ewig, den ich auf die Rechte,
tanztaumelnd dir auf Hals und Brüste preßte!

Nein, länger duld'ich nicht dies blöde Sehnen,
ich *will* nicht länger in verzücktem Harme
die liebekranken Glieder Nächtens dehnen;
o komm, du Weib!   *Weib!* betteln meine Arme.

O komm! noch fühlt dich zitternd jeder Sinn,
vom heißen Duft berauscht aus deinem Kleide;
noch wogt um mich, du Flammenkönigin,
und glüht im Aschenflor die Kupferseide.

Gieß aus in mich die Schale deiner Glut!
Befrei mich von der Sünde: von dem Grauen
vor dieses Feuerregens wilder Brut,
von diesen Wehn, die wühlend in mir brauen!

Es schießt die Saat aus ihrem dunklen Schooß,
die lange schmachtend lag in spröder Hülle;
ich will mich lauter blühn, lauter und los
aus dieser Brünstigkeit zu Frucht und Fülle!

Oh komm! satt bin ich meiner Knabenlust.
Komm, komm, du Weib! Nimm auf in Deine Schale
die Furcht, die Sehnsucht dieser jungen Brust!
Noch trank ich nie den Rausch eurer Pokale.

Auf Nelkendüften kommt die Nacht gezogen;
o kämst auch Du so süß und so verstohlen,
so mondesweiß! O sieh: auf Sammetwogen,
auf Purpurflaum, auf schwärzeste Violen

will ich dich betten   oh   dich an mich betten,
daß alle meine Mächte an des Weibes
blendenden Göttlichkeiten sich entketten,
hinschwellend in den Teppich deines Leibes.

. . . .

Wunderlich, wie dies Erinnern
plötzlich mein Erschauern kühlt.
Ach! der Glutpokal war zinnern
und zerschmolz mir, kaum gefüllt.

Dämpfe, die den Himmel schänden,
seh ich aus den Schlacken kriechen,
widerlich wie diese Wände,
die nach Pech und Moder riechen.

Aus den hohen Häusern drüben dringen
durch die Schattenmassen Gespenster,
die den Glanz der Nacht verschlingen;
schon verdunkelt sich ein Fenster.

Kommt! ich will die Stirn euch bieten,
Schatten meiner verpraßten Stunden,
der ich Tausenden gleich an dir gelitten,
Weib mit deinen Lasterwunden,

bis ich auffuhr voll Entsetzen
vor dem Gift, das ich genossen,
aus dem Duftbann deiner seidnen Fetzen,
Weib der Gassen und der Gossen,

Venus Pandemos

Das war das letzte Mal. Im Nachtcafé
der Vorstadt saß ich, müde vom Geruch
der schwülen Sofapolster und des Punsches,
der vor mir glühte, und vom Frauendunst
der feuchten Winterkleider; müde, lüstern.

Die Tabakswolken schwankten vom Gelächter
und feilschenden Gekreisch der bunten Dirnen
und Derer, die drum warben. Das Gerassel
der Alfenidelöffel am Büffet
ermunterte den Lärm des Liebesmarktes,
ununterbrochen, wie ein Tamburin.

Ich saß, den langen Mittelgang betrachtend,
und lauschte, wie das Licht des Gaskronleuchters,
der drüber hing, sich mühsam mit den Farben
auf den Gesichtern um die Marmortische
in seiner gelben Sprache unterhielt;
wozu der schwarze Marmor blank auflachte.

Ich war schon bei der Wahl   da teilte sich
die rote Türgardine neben mir:
ein neues Paar trat ein. Ein kalter Zug
schnitt durch den heißen Raum, und Einer fluchte;
die Beiden schritten ruhig durch den Schwarm.
Mir grade gegenüber, quer am Ende
des Ganges, als beherrschten sie den Saal,
nahmen sie Platz. Der bronzene Kronleuchter
hing über ihnen wie ein schwerer alter

Thronhimmel. Keiner schien das Paar zu kennen.
Doch hört'ich rechts von mir ein heisres Stimmchen:
»Bejejent muß ik die woll schon wo sein.«

Er saß ganz still. Das laute Grau der Luft
schrak fast zurück vor seiner krassen Stirne,
die wachsbleich an die schwachen Haare stieß.
Die großen blassen Augenlider waren
tief zugeklappt, auf beiden Seiten lag
ihr Schatten um die eingeknickte Nase;
der dürre Vollbart ließ die Haut durchscheinen.
Nur wenn die üppig kleinere Gefährtin
ihm kichernd einen Satz zuzischelte,
sah man sein eines schwarzes Auge halb
und drehte sich sein langer dünner Hals,
langsam, und kroch der nackte Kehlkopf hoch,
wie wenn ein Geier nach dem Aase ruckt.

Es wurde immer stiller durch den Raum;
sie blickten Alle auf den stummen Mann
und auf das sonderbar geduckte Weib.
»Sie ist ganz jung«   war um mich her ein Flüstern;
auch trank sie Milch, und gierig wie ein Kind.
Doch schien sie mir fast alt, so oft die Zunge
durch eine Lücke ihrer trüben Zähne
spitz aus dem zischelnden Munde zuckte, während
ihr grauer Blick den Saal belauerte;
das Gaslicht gleißte drin wie giftiges Grün.
Jetzt stand sie auf. Sein Glas war unberührt;
ein großes Geldstück glänzte auf dem Marmor.
Sie ging; er folgte automatisch nach.
Die rote Türgardine tat sich zu,
der kalte Zug schnitt wieder durch die Hitze,
doch fluchte Keiner; und mir schauderte.

Ich blieb für mich   ich kannte sie auf einmal:
es war die Wollustseuche und der Tod.

. . . .

Weicht, ihr Schatten!   Wie sie zucken,
wie die Fensterhöhlen drohn!
Ja, ihr mögt manch Opfer schlucken;
aber ich, ich sprech euch Hohn!

Die Laternen flackern greller,
jäh erlosch das letzte Fenster;

jeder Stern erscheint noch heller
niemals sah ich die Nacht beglänzter!

Ich! Denn ach : ich kannte Einen,
der sah nie zu gleicher Zeit
Sterne, Fenster und Laternen scheinen
dieser Ärmste tut mir leid.

Beim Geschmetter einer Blechkapelle
kann er keine Nachtigall hören,
ohne daß sich auf der Stelle
seine zarten Ohren empören.

Ich indessen   o Mirakel
höre das Lied der Nachtigallen
durch den ärgsten Höllenspektakel
nur noch himmlischer erschallen.

Ich Barbar! ich brauch mir meine
Nerven nicht zu vergesundern;
ich kann beim Laternenscheine
manchen Stern erst recht bewundern.

Mir wehrt keine Kunstscheuklappe
meinen freien Blick durchs Fenster,
weder Holz noch Blech noch Pappe
niemals sah ich die Nacht beglänzter!

Leucht auch Du mit deinem reinsten
Licht, du Spürkraft meiner Seele,
die mitfühlend im gemeinsten
Wicht noch scheut die eignen Fehle!

Denn ich weiß, wie Du mich Einsamen
einst zum edelsten Trotz anschürtest,
als ich dich, du Allgemeinsame,
selbst im schmutzigsten Elend spürte,

Venus Socia

Da gab's Branntwein und Bier,
im Spelunkenrevier,
und ein Lied scholl rührend durch die Tür;

und das sangen und spielten die traurigen Vier,
ein Vater mit seinen drei Töchtern.
Er stand am Ofen, die Geige am Kinn,
schief neben ihm hockte die Harfnerin,
und die Jüngste knixte und schloß ihr Lied,
die Geige machte ti-flieti-fliet:
»War Eine, die nur Einen lieben kunnt.«

Die Dritte ging stumm
mit dem Teller herum,
ums polternde Biljard, blaß und krumm;
und nun drehte der Alte die Fidel um
und klappte darauf mit dem Bogen.
Und auf einmal schwieg der Keller ganz,
die Jüngste hob die Röcke zum Tanz;
die Harfe machte ti-plinki-plunk,
und die Jüngste war so kinderjung
und sang zum Tanz ein wüstes Hurenlied.

Sie sang's mit Glut,
das zarte Blut;
und der schwarze zerknitterte Roßhaarhut
stand zu der plumpen Harfe gut,
mit den weißen papiernen Rosen.
Laut schrillten die Saiten tiflieti-plunk,
und Alle beklatschten den letzten Sprung,
und vor mir stand die Tellermarie.
»Spielt mir noch einmal«, bat ich sie,
»War Eine, die nur *Einen* lieben kunnt«!

. . . .

All mein dumpfes Glückverlangen
schien dies eine Wort zu klären;
meine guten Geister sprangen
auf, als sei's Musik der Sphären.

Am Altar der Seele traten
sie zusammen, flugbereit:
Zartsinn, Ehrfurcht, Großmut, Lust zu Taten,
Sehnsucht nach Unsterblichkeit.

Aber während sie die Herrin feiern,
übermannt mein sterbliches Herz ein Schaudern:
wird sich je mein Glück entschleiern?
Und ich seh mich vor dir zaudern,

Venus Excelsior:

Ich träume oft von einer bleichen Rose.
Hell ragt ein Berg; sie blüht in seinem Schatten,
zum fernen Licht aufschmachtend mit dem matten
Traumblumenblick aus ihrem dunklen Loose.

Dann bangt sie mich; tief stockt mein Schritt im Moose.
Doch weiter muß ich, muß das Ziel erreichen,
den Gipfel mit den immergrünen Eichen;
so steh ich schwankend zwischen Berg und Rose.

Denn wie sich auch mein Fuß bemüht zu kämpfen,
ich kann die süße Sehnsucht nicht mehr dämpfen,
aus ihrem Kelch den edlen Duft zu schlürfen.

Da : Flügel : frei!   und an der Brust die Blume!
Schon naht der Hain mit seinem Heiligtume,
wo auch die Rosen immergrünen dürfen.

. . . .

Aller Wunder wundersamstes,
wie ergründ'ich dich, du Macht,
die du uns den Lichtweg bahntest,
Seelenwelt, gehüllt in Nacht!

Du, o Du, welch Flehn, welch Stammeln
doppelter Bewältigung:
Seel in Seele stürzt zusammen,
Dämmerung in Dämmerung.

Seele, Seele, wie entbrannten
angstvoll dein und mein Gesicht,
bis wir ahnten und erkannten:
aus der Dämmerwelt wird Licht!

Fremde Seele, mir erzitternde,
mir aus all der Seelen Schaar,
Welt, die meine Welt erschütterte,
mich verwandelnd ganz und gar,

bis aus unserm bangen Bunde
auch das letzte Staunen wich
ja, noch lebst du mir im Grunde,
lauschend, wie dein Blutgeist mich

aus dem Körperbann der Erde
los und in ein Lichtreich rang,
wo wir stammelten: es werde!
wo auch *mein* Blut in dich drang,

Venus Creatrix

O meine bleiche Braut! du blasse Wolke
im Arm des Sturms! du bebend Haupt,
an meine Brust geneigt aus deinen Schleiern:
erbleichst, erbebst du *mir?*
O nun erglühst du, heimlich Willige du,
nun öffnest du die herzverklärten Augen,
nun ringt sich von den Lippen dir mein Name,
und inniger küss ich dich   wir sind allein.

Allein. O komm, das Licht der Ampel
wirft Schatten; komm! heut soll kein Schatten sein,
heut sollen alle, alle Lichter leuchten,
in einer See von Licht sollst du mir schwimmen,
du weiße Möwe meine! Flüchte nicht:
sieh, selbst dem keuschen Himmel noch verwehr ich
zu lauschen   horch: der Vorhang rauscht, o komm!
und jeden Spalt verschließ ich faltenschwer,
daß nicht die Nacht, die silbern blauende,
erröte, muß sie deine Schönheit dulden,
daß nicht der Sterne reine Glut
sich neidisch trübe, sehn sie Deine Reinheit.

Tu ab die Myrtenkrone, den Gürtel, komm,
du bist allein! Die jungen Rosen nur,
schlaftrunken über unser Bett gebeugt,
spinnen duftbange Träume
von purpurner Entfaltung scheuer Knospen;
die Rosen nur   und ich.

Und wie in Träumen, wie auf Düften leicht,
von Licht zu Licht mit leuchtenden Händen gleit'ich
und winke   und du kommst.
Da sinken und schwinden
hell von uns weg die irdischen Hüllen alle:
aus seidnen Wogen steigst du her zu mir,
und Brust an Brust gedrängt von blendenden Schauern,

von goldnen Dunkelheiten weit umwölkt,
wiegen uns fernhintastende Schwingen
Schooß an Schooß hinüber
in die Gärten der Ewigkeit.

Flammen der Sehnsucht wachsen da,
glühende Bäche voller Erfüllung treiben
da in Eins die einsam pulsenden Seelen,
Puls in Puls in Glanz ergossen verbluten
heimwehwild die zuckenden Wünsche,
hoch auf strudelt todesselig der Wille,
dürstend umsaust ihn der Odem der Allmacht,
und den weltdurchfurchenden Fittig senkt die Inbrunst,
auszuruhn vom Fluge am Herzen Gottes:
still in matter Hand
beut sie die funkelnden Tropfen
seinem befruchtenden Anhauch dar: ich fühle
  fühlst du? Geliebte   die Quellen des Lebens rinnen!
Mund an Mund Ihm: trinke! Trunken
stamml'ich nach
das Schöpferwort.

. . . .

O Geheimnis der Empfängnis:
einen Schleier wollt ich lüften,
und Verhängnis hangend um Verhängnis
schwillt aus Auferstehungsgrüften.

Wie erfass ich euch, Gewalten:
Welt, die schicksalvolle Nebel ballt,
bis sich Hirngespinste draus entfalten,
Mummenschanz der Allgewalt!

Helft mir, Sterne! Hüter ihr des Zwanges,
den ich einst als Freiheit pries,
feurige Führer meines Überschwanges,
ja, ihr schürt das Paradies

himmelstürmenden Schöpferwahns mir wieder,
und mein Haupt wie damals reckend
  Blitze stürzten um mich nieder
fühl ich, wie ich mich am Schrecken

meiner glutgeblendeten Braut berauschte
und mich selbst als Gott besang,
der mit keinem andern tauschte,

weil ihn *Deine* Glut bezwang,

Venus Urania

Psalm an den alten Gott.

Der du in Gewittern hausest,
kommst du, Grollender?
Tief von unten,
über Berge und Wolken her:
suchst du Mich, im dunkeln Mantel Du,
schwarzgekrönter Wetterherr,
mit der bleiernen Stirne?

Höher doch! näher! herauf zu mir,
mir und meiner Sonne,
die ich aus Abgrundnacht an meinen
Himmel setzte mit kettendem Blick,
die mich erleuchtet, von mir durchglüht,
aufgegangen in Eine große
einige einzige Strahlenwelt!

Ja, du suchst uns,
willst uns segnen,
Du mit deiner Donnerglockenstimme,
willst empor zu *unserm*
Strahlenherd, Strahlender du!
Sehnst dich, hell in unser helles
lichtfrohlockendes Glück zu blicken,
du *auch* ein Lichtsproß,
Lucifer, Lichtschleudrer,
weltbelebender Erschüttrer   komm!

Denn wir kennen dich:
du bist mein Bruder!
Komm und sieh: hell
schaun auch Wir dir
durch die nachtgraue Maske
in dein glühend blutendes Herz, das gute:
Du wirfst Kraft,
Liebe aufs schmachtende Feld herab,
wenn du mit wuchtender Faust
krachend zersprengst
die dumpf drückende Dunstlast.

Tobe nur, Kommender! nimm,
hebe die splitternde Axt!
Hebe die düstern, schönen,
schattenumhangenen Lider!
Grüßt mich, sprüht, ihr jähen,
Ewigkeit aufschließenden Blicke:
ja! ich will mich satt sehn, satt
an dieser funkelnden Unendlichkeit.
Auf, ihr stürmischen Lippen auch:
aus eurem rollenden Lobgesang dröhnt mir
das machtvolle Wort vom Samen der Sehnsucht,
vom Keim der Kämpfe, der Atem der Lust!

Sonne, meine Sonne,
sieh: er hört uns!
Weh: Er: stählerne
Ströme sein Blick!
Über dir   rette dich
Sonne, wo *bist* du
hilf   o Sonne
lieg'ich umklammert,
liege von blendenden,
wilden, sausenden Wonnen durchbohrt.

Sonne, mein zitterndes Licht:
lache!   nur den Baum,
sieh, den Felsen nur
traf sein zischendes Beil.
Hörst du ihn jauchzen?
über der klaffenden Buche,
über den talab polternden Trümmern,
im flatternden Bart ihn
jauchzen sein schmetterndes Lied:
Wecke den Tod,
Echo! es loht
von Stamm zu Stamm der Strahl der Kraft;
Einer stürzt, der tausend drückte.
Stürzt der Ragende, wachsen die Ringenden;
tausend wachsen, Einer ragt.
Tod zeugt Leben   stammelt die Menschheit unten;
hochher schweigt dazu die Ewigkeit.

Auf, mein knieendes Glück!
Grolle nur, Donner! Blitz,
greller noch! triff, zerbrich,
was furchtsam zitternde Kronen trägt!
Uns segnest du,

uns prüftest du,
Blut von Deinem Blut, mit heißen
Fingern in deiner Flammentaufe.

Wir, mein Zitterndes, auf!
wir sind fromm und heilig:
mit gefeitem Diademe krönte
uns die Liebe,
unsre lichtfrohlockende Liebe,
zitternd von Andacht und Inbrunst! Und
ja   und trifft auch Uns er,
will ein Bruderopfer Seine Liebe:
nimm uns, Lucifer! herrlich
stürzen wir hin ins Licht auf,
vermählt verglühend in deiner reinen,
in unsrer eignen reinen Glut.

Nein, wir furchten dich nicht,
rasend liebender Bruder!
Wir sind Welt wie Du,
Lucifer, Lichtbringer:
Ich und meine Sonne,
die wir Eins mit allem Licht der Welt sind,
wir *lieben* Alles,
alle Welt muß *Uns* lieben!

. . . .

Aber dann ward trunkne Stille;
war's die Stille der Ermattung?
Taumelnd stand mein junger Wille
vor dem Zwiespalt der Begattung.

Sollte nicht ein Sturm von Wonne
aufsprühn, der zwei Welten einigte?
Warum zagte meine Sonne
vor dem Glutwind, der mich reinigte?

Stumm vernimmt das längst entwichene
Himmelreich mein wehes Fragen.
O verzeih mir, du Verblichene!
heut versteh ich dein Verzagen.

Griechin solltest du mir werden,
Jüdin bliebst du allerwärts;
ach, mit Übermenschgeberden
griff ich in dein menschlich Herz,

Venus Religio

Karfreitagsruhe. Fühlst du's *auch:*
dies bange Grün, und diesen Hauch,
der drüber träumt?
Und fühlst du's, wie der Fliederstrauch
von Knospen perlt und überschäumt?

Und sehnen deine Brüste sich
dem Auferstehungsmorgen zu,
wie's Magdalenen innerlich
nicht ließ in Ruh,
bis sie zum offnen Grabe schlich?

Denn übermorgen graut der Tag
ins Frühlingsfeld,
da unterwarf sich Der die Welt,
den einst dein Volk dafür gequält,
daß eine Sehnsucht in ihm lag.

Viel Glocken läuten zu mir her,
wie Grufthauch schwer, wie Lufthauch leer;
wem läuten sie?
Das waren Deine Glocken nie
und sind nicht Meine Glocken mehr.

Im Flieder hängt ein altes Laub;
du willst nun mein sein ganz und gar.
Noch liegt der Hain voll Moderstaub;
ist dir auch klar,
daß mir dein Gott nie heilig war?!

An seinem Grabe dürstet mich
nach einer neuen Menschheit, Du!
Fühlst du's wie ich?
Sag: sehnen deine Brüste sich
dieser Auferstehung zu?

. . . .

Ja, so spielt'ich schier Gottvater,
schwebend ob der Flucht der Zeiten.
Barg mein Allgeist nicht das Riesentheater
künftiger Menschenmöglichkeiten?

Mit aufbrausendem Gefieder
packt mich wie ein flammenbekränzter
Phönix dieser Glaube wieder
niemals sah ich die Nacht beglänzter!

Barg des Weibes Schooß nicht Schicksalsspiele,
mehr als alle Himmelsräume?
Herrisch rief ich sie zum Schöpferziele,
die Erfüllerin meiner Träume,

Venus Madonna

Aus Mannesadel wächst des Weibes Tugend:
Götter vermag sein Geist ihr zu gebären.
Des Griechen Schönheitswille sah die Sphären
beherrscht von Aphroditens Reiz und Jugend;

dem Christen aber ward die Reinheit Wesen,
selbst noch die Mutter will er sich verklären
und beugt sich vor Marias Hochaltären,
die keusch des Sohns, des keuscheren, genesen.

Nun kommt die Zeit, daß Männer freier denken
und ihren eignen Stamm von Gottessöhnen
hell mit dem Huldbild ihrer Freiheit krönen,
bis Alle Allen die Erleuchtung schenken,
die Wir uns schenkten, Sonne meiner Wonne,
du keusche Venus, reizende Madonne!

. . . .

Doch da saß mit seligem Händefalten,
saß mit einem Lächeln stillen Wehrens,
wie befremdet von den Traumgestalten
meines übersinnlichen Begehrens,

saß als Eine, die Gott siegen sieht,
wie er siegte schon zu Evas Zeit,
saß und sang ein frommes Wiegenlied,
ganz erfüllt vom Glück der Wirklichkeit,

Venus Mater:

Träume, träume, du mein süßes Leben,
von dem Himmel, der die Blumen bringt;
Blüten schimmern da, die beben
von dem Lied, das deine Mutter singt.

Träume, träume, Knospe meiner Sorgen,
von dem Tage, da die Blume sproß;
von dem hellen Blütenmorgen,
da dein Seelchen sich der Welt erschloß.

Träume, träume, Blüte meiner Liebe,
von der stillen, von der heiligen Nacht,
da die Blume Seiner Liebe
diese Welt zum Himmel mir gemacht.

. . . .

Und gleich ihr in Demut hingegeben
sollt ich stolz mich Vater nennen.
Vor mir lag dies Klümpchen Leben,
kaum als Menschlein zu erkennen:

eine Laune meiner Lenden
Daran sollt ich Gottgeist mich ergetzen?
Damit sollt ich Weltumwälzender enden?
Ich erkannte mit Entsetzen

Venus Mamma

Aber nicht wieder! Nein, nie wieder!
Ja, du wolltest mich beglücken:
wie sie an dein Fleisch sich drücken,
diese hilflos kleinen Glieder.
Aber mir diese Lust beschauen,
ist mir ein Grauen.

Zu tief sah ich unsrer zahmen Katze
in die mütterlichen Augen,
sah die täppischen Jungen saugen
unter der steifgezückten Tatze;

und der zarten blinden Brut
schmeckte das alte Raubtier gut.

Decke die Brust zu, wenn die Lippen
deines Sohnes dich berühren!
laß ihn andere Wonnen spüren
als den Blick der Ahnen und der Sippen!
Nein, ich wollte dich nicht betrüben;
nur   nur anders laß uns lieben!

Bebt'ich doch selber, als ich ihn küßte,
und ich will die Wonnen der Ammen
nicht verdammen;
dunkel ist der Zweck der Lüste.
Aber die Mütter   nein, schweigen wir!
wehe, der Mensch ist ein Säugetier.

. . . .

Einsamer als je begann ich
meine Seele zu belauern.
Wozu sehnte, wozu sann ich?
Nur um unsern Wollustschauern

heilige Masken vorzustecken?
War dann nicht im Hochzeitskleide
das Getier der Frühlingshecken
gottbegnadeter als wir beide?

Welch ein Jubel der Erhörung,
dies Geschwirr, Gegirr, Geraune!
Mit Bestürzung, mit Empörung
lernt ich Deine Macht anstaunen,

Venus Natura

Durch einen menschenleeren Garten irrend
geriet ich an ein Pfauenpaar; der Pfau
stand mit gespreiztem Rad vor seiner Frau,
die Flügel tief gesträubt, von Lichtern flirrend.

So stand er kreisend, sich die Henne kirrend,
und bannte sie zu feierlicher Schau;

starr federte das goldne Grün und Blau
des steilen Schweifes, vor Erregung klirrend.

Jetzt überfällt er sie, und seine Zier
peitscht wild die Luft, die heiße; funkelnd spaltet
der Radsaum seine Speichen, daß sich mir
der Gartenkreis zum Paradies gestaltet

O Mensch, wie herrlich ist das Tier,
wenn es sich ganz als Tier entfaltet!

. . . .

Denn der Mensch: der eignen Notdurft Spötter,
ja, so war seit je ein Halbgott er.
Schob er seinen Ursprung *drum* auf Götter:
Mensch noch nicht, und Tier nicht mehr?!

Wo ich hinsah, äfften sich Begierden,
die sich ihrer nackten Herkunft schämten,
Brünste, die mit schlangenhäutigen Zierden
ihre tückische Unvernunft verbrämten.

Eine ungeheure Tollsuchtwildnis
dünkte mir der ganze Schöpfungsplan,
mittendrin der Menschheit tönern Bildnis
mit dem Stempel: reif zum Größenwahn.

O vermöchte jene Zeit der Schrecken
meinen Dünkel immerfort zu dämpfen!
Wieviel Ekel mußt ich schmecken,
wie verbissen mit dir kämpfen,

Venus Bestia!

Ich und ein Freund, wir saßen einmal
in einem menschenheißen Weinlokal;
zwei Tisch weit neben uns saßen
ein Herr und eine Dame, offenbar
  den Ringen nach   ein jüngeres Ehepaar,
deren Blicke sich manchmal vergaßen.
Mein Freund sah weg, wir lächelten eigen,
wir schwiegen unser bestes Schweigen.

Der Gatte nahm grad die Speisekarte,
den kleinen Finger gespreizt   dran saß
ein Nagel langgefeilt und leichenblaß,
der spitz wie eine Kralle starrte;
der Zeigefinger war stumpf beschnitten.
Die Frau saß weich zurückgesunken;
aus ihren Augenhöhlenschatten glühten
wie zwei Kohlenfunken
Blicke hinüber auf seine Finger,
dunkle, gleißende Blicke hin.
Ich weiß nicht, mir kam der Raubtierzwinger,
der Zoologische Garten in Sinn;
ja   die Tigerin!
So lag sie neulich hinter dem Gitter,
glimmende Gier im schwarzen Blick,
im gelben Fell ein weich Gezitter,
und wartete brütend auf das braune Stück
Fleisch, das draußen der Wärter brachte,
das tote Fleisch   es roch so matt,
nicht warm nach Blut   sie lag so satt.
Jetzt kam er; ihr purpurnes Auge lachte,
es war doch Fleisch! Hoch griff sie zu,
die triefenden Kiefer kniff sie zu;
nun lag sie drüber mit brünstigen Pranken,
die Zunge gekrümmt, die Zähne stier,
sie konnte nicht fressen vor röchelnder Gier,
flackernd leckte der Schweif die Flanken,
im Blick ein Grün von hohlem Hasse.
Wie dieser Tigerin klaffender Rachenschlund
war mir das Auge der Frau da   und
da sagte mein Freund: Du, das Weib hat Rasse!

Jetzt hob der Gatte das Genick;
dem saß der gelbe Wolf im Blick.
Zittrig über sein hart glatt Kinn
strich sein Krallennagel hin;
ein goldnes Münzenarmband hing
ihm ums Handgelenk und machte kling.
Seine breitroten Lippen glühten
durch den magern Schnurrbart wie Dornstrauchblüten,
die Backen schmeckten ein Gericht;
dann senkte sich wieder sein Gesicht.
Ich sah eine lautlos stürzende Meute,
mit keuchenden Zungen, durch bleiche Nacht,
steif die Ruten gesträubt, fern Schlittengeläute,
die witternden Nüstern steil ins Weite,

in wütender Jagd
und jeder aus der schäumenden Masse
würde, den heißen Hunger zu kühlen,
blind auch im Fleisch des eignen Geschlechtes wühlen
da bemerkte mein Freund: Du, auch der Kerl hat Rasse!

Jetzt wurden sich die Beiden schlüssig,
sie trafen sich mit ihren Augen;
die schienen sich ineinander zu saugen,
fast durstig und fast überdrüssig,
ganz langsam. Und plötzlich stand mir klar
das große nackte Schneckenpaar
in dem nassen Fliegenpilz vor Augen,
das ich gestern traf im feuchten Park;
ich sah die beiden schwarzen Schleime
in dem weißen Fleische, dem giftigen Mark
des roten Pilzes schmausen und saugen
wie in einem Honigseime
und sah dort drüben den Gattenblick.
Ich mußte: ich schob den Stuhl zurück:
Komm! stieß ich mit dem Freunde an.
Er wunderte sich: Warum denn, Mann?
Komm, sagt'ich; bitte, tu mir die Liebe!
Wir gingen. Wir traten auf die Straße,
ins Wagengerassel, ins Menschengeschiebe,
und immerfort hört'ich: Rasse! Rasse! Rasse!

. . . .

Immer fort   selbst sie bespähend,
die Genossin meiner Wahl,
o wie lieblos ihre Huld verschmähend
unter meines Argwohns Qual:

Bettle nicht vor mir mit deinen Brüsten,
deinen Brüsten bin ich kalt!
Tausend Jahre alt
ist dein Blick mit seinen Lüsten.

Sieh mich an, wie du als Braut getan:
mit dem Blick des Grauens vor der Schlange!
Viel zu lange
war ich, Weib, dein Mann.

Willst du Gift aus meinem Fruchtkern saugen?
Unerreichbar ist er deinem Biß!
Kaum erst keimt mein Paradies;
such es! *öffne deine Menschenaugen!*

Und wir suchten. Aber auf dem Wege
fanden wir uns seltsam aufgehalten,
kam uns ein verirrter Geist entgegen,
altbekannt, doch nicht der alte:

Amor Modernus Domesticus

Er ritt ein dunkelgraues Eselchen,
zwei bunte Tiere liefen vor ihm her,
wir konnten sie von ferne nicht erkennen.
Wir gingen still durch eine stille Flur,
ich und die Frau, die mir aus Liebe treu blieb,
wir gingen langsam eine lange Straße.

Die Pappeln zeigten schon vergilbte Blätter,
ein Dornbusch setzte neue Blüten an,
der Himmel schien auf abgemähte Wiesen
und streute Schatten auf die bunten Tiere;
Dorfkinder trabten um das Wunder mit.
Als nun aus ihrem Schwarm das Ohrenschütteln
des Eselchens allmählich mehr hervortrat,
erkannten wir: die Tiere hatten Hörner
und ihre Farben waren nicht Natur:
vor einem blaugetünchten Ziegenbock
lief eine schwarz und rot gefleckte Ziege.
Der Reiter aber auf dem Eselchen
war ein entzückend wilder schwarzer Krauskopf,
und lächelte mit jungen roten Lippen,
und seine blauen Augen rührten mich.
Vor ihm und hinter ihm auf seinem Grauchen
hing allerlei unnützer Tändelkram,
wie Liebesleute sich zu schenken pflegen;
und jedes Stück war grell in Rot und Blau
und Schwarz mit einem Heiligenbild bemalt,
ich dacht an Hölle, Himmel und den Tod.
Der schöne Junge aber nickte hold
und rief uns beiden zu: »kauft, liebe Leute!«
und hob glückselig seine Waare hoch.

Auf einmal kam das bunte Ziegenpaar
mit kläglichem Gemecker angesprungen,
daß sich der Kinderschwarm bei Seite drückte,
und ich erschrak bis in die Eingeweide:
ich sah, der schöne Junge war verkrüppelt.
Die Beine hörten mit den Knieen auf,

die linke Hand war nur ein spitzer Stumpf,
der rechten mangelte der Zeigefinger.
So saß er zügellos auf seinem Grauchen
und schüttelte den schwarzen wilden Krauskopf
und hob glückselig seinen Kram noch höher
und sah uns rührend und entzückend an.

Und während ich noch stand und schauderte,
durch welch ein Unheil so entstellt sein mochte
die Lieblichkeit und Leiblichkeit des Lebens,
sagte die Frau, die mir aus Liebe treu blieb:
»Der arme Bursche! wie er sich verstellt!«
Der schöne Krüppel aber lächelte
und sprach: »So wenig wie mein Eselchen!
nur meine beiden Ziegen tun mir leid.«
Sie fragte: »Warum dann bemalst du sie?
das muß dir doch sehr große Mühe machen;
durch welch ein Unheil bist du so entstellt?«
Da wurden seine roten Lippen traurig,
er blickte scheu auf seine Heiligenbilder
und sagte leise vor sich hin: »*Geschäftspflicht*«
die blauen Augen winkten uns Lebwohl.

Noch lange sahn wir in der langen Straße
zwischen den Pappeln die Dorfkinder traben,
und sahn sein dunkelgraues Eselchen
und ab und zu sein buntes Ziegenpaar;
der Himmel schien auf abgemähte Wiesen.

. . . .

»Pflicht«   o Schreckwort jeden Übermuts
spukhaft fuhr mir's durch die Knochen.
Stockte nicht vor lauter Pflicht mein Blut?
Sollt ich selbst mich unterjochen?

Treue   ah! du Deckwort jeder Knechtschaft
wütend schlug ich's in den Wind.
Gab mir meine Qual nicht Rechenschaft,
was für Übel alle Tugenden sind?!

Noch auf meinem stillen Lager heute
mahnt mich all mein reuiges Ringen
an die Wüstheit jener Rittersleute,
die vor Gottgier meist zum Teufel gingen.

Wie entraff ich mich dem heiligen Greuel?
Infernalisch wie ein blitzegeschwänzter
Drache lockt mich meiner Zweifel Knäuel
niemals sah ich die Nacht beglänzter!

Gleißner ich! mit was für Reizen
hab ich stets mein Bestienpack bedacht,
vor mir selber mich als Priester spreizend,
der gewaltige Sündenböcke schlachtet!

Wie empfand ich mich als Sittenrächer,
der den Dämon seines Bluts befriedigte,
während ich, ein simpler Ehebrecher,
mich zu dir erniedrigte,

Venus Adultera

Komm, Schatz; komm, Katz; laß das Wimmern!
Nein, das darf dich nicht bekümmern,
daß ich nicht »treu« bin; rück nur her!
Komm, ich hab ein Dutzend Seelen;
wer kann all die Kammern zählen,
sechse stehn mir grade leer.

Sieh nicht auf den Ring an meinem Finger!
Hoh, mein Kind, ich bin viel jünger
als mein narbigtes Gesicht.
Weißt du, die Runzeln und die Hiebe
tun erst die Würze zu Ehre und Liebe!
Ja, das nannt ich als Student schon Pflicht:

Viel geliebt! noch mehr getrunken!
kuscht euch, Unken und Hallunken!
heida, wie der Schläger pfiff!
Soll das Leben dir was nützen,
lerne brav dein Blut versprützen:
nicht gezuckt! los! blick und triff!

Hast doch auch schon »Blut« verspritzt,
oft   hui, wie dein Auge blitzt:
zürnst wohl gar dem frechen Buben?
Was denn: Tränen?? o nicht doch! oh!
Herzchen, so'was lernt man so
in der Luft der Ehestuben!

Komm: sei gut, Kind! gib mir die Hand!
Hast ja Mut, Kind   und hast Verstand:
nein, ich will dich nicht verführen.
Aber gelt, du wärst gern Braut?
Hier das Venushalsband deiner Haut
läßt verhaltene Wünsche spüren.

Sieh mich doch an, du: ich bin kein Dieb!
habe das Halsband nur so lieb
und deine dunkeln Augenringe.
Sieh doch, mein Blick ist ein zündender Pfeil,
sprühenden Fluges ein sausendes Seil:
komm, durch Höllen und Himmel soll's uns schwingen!

. . . .

Ja   so wird aus Sehnsucht Sünde;
Hölle, die den Himmel stürmt.
Seele öffnet alle Schlünde,
die der Geist rings mühsam übertürmte.

Denn Natur schürt wieder alle Gluten,
die der Mensch beherrschte in Gedanken;
lüstern lecken ihre Lavafluten
an dem Erzgerüst der heiligen Schranken.

Wie es hinschmilzt! Wer kann's kalt beschauen?
Nur der Mond in seiner Leichenpracht.
Und die Seele badet sich im Grauen,
und der Geist buhlt mit der Nacht.

Bis er Frevel heckt wie Don Juan,
der nur lüstern war aus Qualengier,
ein vom Teufelswahn verlockter Gottesmann,
freudeloser als ein Tier.

Nein, nicht Lust war's, du Jungfräuliche,
als ich deine Opferfreude schmeckte;
ich genoß nur das Abscheuliche,
zu entweihn dich Unbefleckte,

Venus Maculata

Drum komm, o komm, noch einmal schweigt
so voll ins Feld, so voll bereit
der Mond ins Feld; noch einmal zeigt
die weite Nacht,
die zweite Nacht,
mir deine nackte Seligkeit.

O komm, o komm, ich will dich sehn!
rings rauscht der alte Eichenhain;
die langen Wiesenhalme stehn
so still, so weich
am kleinen Teich,
und schimmernd tauchen wir hinein.

Und schimmernd, schimmernd heb'ich dich
heraus ins dunkelgrüne Kraut;
dein schwarzes Haar umrieselt mich,
der Tau wird warm,
und Arm um Arm
erkennt den Bräutigam die Braut.

Und dann   o dann   o flieh!   denn dann:
wir hatten Schooß in Schooß geruht:
von einer weißen Blüte rann,
du sahst es nicht,
im bleichen Licht
ein Tropfen Blut   Dein Tropfen Blut

. . . .

Eitle Rührung, frech Bedauern,
Räubermitleid nach dem Raube.
Oder war's ein echt Erschauern?
Narr, was fragst du   glaube! glaube!

Selbst der Reinste muß erleben,
von Verführungen umtobt,
daß der Geist sein wahres Streben
an Verirrungen erprobt.

Und da lass ich mich von schalen
Skrupeln bis aufs Blut zerquälen?
hier, wo hochher Sterne strahlen,
die zu frischem Mut mich stählen!

Nein, ich will mir's kühn bekennen:
auch die Lüste, die wir schuldbewußt
Unnatur und Unzucht nennen,
sind Natur und neue Züchtungslust

ich, der selber einst tiefinnen
nur empor nach freierer Menschheit ächzte,
während meine tierischen Sinne
doch nach Dir tyrannisch lechzten,

Venus Perversa

Dort sitz nieder! sieben Kreuze
zwischen uns! und gönn mir's: sei nicht Tier!
Sondern ich suche andere Reize:
Dich: komm, liebe dich vor mir!

Dich nur, Dich! nur deine verschmachtenden Blicke
und deine zuckende Scham und deine scheuen
Seufzer gönn mir   ja, entzücke
mich mit Deinen Rasereien!

Oh du, wenn die Knospen deiner welken
Brüste unter deinen tastenden Fingern
wieder schwellen wie in jüngern
Nächten   oh, dies Schwelgen

gönn mir's, gönn mir's! Meine eigenen Freuden
sind mir Schaum, der bitter ist
aber Du, wenn Du so stöhnst und glühst,
will ich mich an Deiner Wildheit weiden:

wie du gleich enttäuschten Bräuten
deine einsame Sehnsucht stilltest,
deine heimlichen Seligkeiten
mit berauschten Händen fühltest

fühlst   stillst   Seele, bricht dein Blick?
Oh du, laß mich diesen Blick genießen!
dies Verröcheln von Lippen bis zu Füßen!
recke dich nicht so starr zurück

Ekelt dich?   Ah : witterst du nun den reifen
Menschen? bist du satt der Kuhnatur?!
Und wir schaudern: wir begreifen
den Triumph der Unnatur.

. . . .

Wohin fliehn nach solchen Wonnen?
Damals lernt'ich die Ekstasen
der entbehrungssüchtigen Nonnen
würdigen, und das geistige Rasen

derer, die vor lauter Brünsten
nach der reinen Inbrunst schreien,
während sie mit Marterkünsten
bis zum Rausch ihr Fleisch kasteien.

Warlich, wenn der Heiligen Einer
jetzt vor meinem Bett erschiene,
brünstiger als ich rang keiner!
Und mit eingeweihter Miene

dürft ich ihm die Hände reichen:
Komm, hier kannst du ruhig beten.
Mußte doch selbst sie mir weichen,
die Versucherin der Asketen,

Venus Mystica

»Ich möchte die Flamme umarmen!«
Aus schwerem Schlaf
in stiller Nacht
weckte mich dies Wort;
ich weiß nicht, wer es sprach;
Stimme, wer bist du?

Nackt, mit bettelnden Fingern,
weiten Armen,
mit Weibesbrüsten,
ein irrer Mund,
flehst du aus der Nacht
die große strahlende Flamme an?
Weg! sie brennt!

Trunken naht ein grauer Blick,
schwelt;
um die klare Glut
mit beiden Knieen
schlingt sich heiß ein hitziger Schooß.
Weib: so nicht!

Kalt, aufrecht seh ich
in dein rauchschwarz flackerndes Haar
die lichte Lohe fassen,
dich verzehrend.
Rein und ruhig
steigt die feurige Säule
aus der kurzen Beschattung
mit dir auf.
Stimme, so, nun darfst du
 jauchze!   die Flamme umarmen.

. . . .

Wohl: so hat mein Herz in Züchten
mein unzüchtig Blut bekämpft,
hat in Angst vor seinen Süchten
seine Sehnsuchtsglut gedämpft,

hat mir Sieg auf Sieg errungen,
aber Frieden, Frieden   nein!
In gespenstischen Peinigungen
lebt'ich schreckhaft, bis selbst Dein

reines Lichtgelüst mich reute,
tief in einer trüben Nacht,
die ich schlaflos so wie heute
unter Geistern zugebracht,

Venus Idealis

Ich lag in Zweifeln schon die halbe Nacht:
Mich treibt ein Geist, und folgen muß ich ihm,
doch *darf* ich folgen? ist's ein Geist der Wahrheit?
ist's Eitelkeit? so rang ich mit der Nacht.
Und furchtsam dacht ich an das unverstandne
Gebet der Kindheit: nicht wie Ich will, Vater,

in Deine Hand befehl ich meinen Geist!
Und heftiger rang ich, wie einst Jesus rang.

Da bannte mich der Geist in Traum. Ich stand
an eines Weltmeers aufgewühlter Fläche.
Sehr finster war's. Doch finstrer ragte noch,
zackig ins Himmelsdunkel hochgetürmt,
ein starr Gebilde wie ein Felseneiland.
Dumpf um es schnob und brodelte die Flut,
und ich erkannte, eine Sintflut war's,
die ein verwittertes Stück Welt zerfraß.

Auf einmal wurde Licht; grell quoll der Mond
durchs wechselnde Gewölk, die Brandung glänzte,
und hoch im Gischt in grauenhafter Ohnmacht
rangen zwei letzte Menschen, Mann und Weib.
Ich sah sie sinken. Doch noch Einmal tauchte
das Weib krampfhaft aus Sturz und Strudel auf:
der nackte Körper bäumte sich im Schaum,
und schimmernd, während ihn der Schwall verschlang,
entwand sich ihrem zuckenden Schooß ein Kind.

Da war's, als käm ein Staunen in den Aufruhr;
der Mond besänftigte die wüste Flut,
die Wellen hüpften um das kleine Leben
und wuschen es und wiegten es und trugen
es langsam durch die Klippen an das Eiland.
Und nun gewahrt'ich auf dem schroffen Gipfel
ein andres Weib. Schwarz, ganz und gar verhüllt,
in riesenhafter Starrheit saß sie da;
es war, als ob ihr Haupt die Wolken streifte,
einäugig starrte sie aufs Meer hinab,
und bis ins Mark verwirrte mich der Blick.
Doch furchtlos langte nach ihr auf das Kind.

Und nieder zu ihm neigte sich die Hohe,
und nahm es mit gelassner Hand ans Herz,
und öffnete die Tücher ihrer Brust,
und tränkte es, und küßte es, und schaute
ihm traumhaft in die Augen; liebreich glomm
ihr Blick hinüber in des Kindes Blick,
als zündete sie drin das Seelchen an.

Und in dem Arm der Riesin wuchs das Kind,
und wuchs, und sprach das erste Wort, und wuchs.
Da nahm es von der Brust die Rätselhafte
und setzte mit gelassner Hand es wieder

hinab ans Ufer, wo ein neues Land
sich aus den Fluten hob, und hieß es gehen;
ihr stummer Blick wies in die blasse Ferne,
dann saß sie starr und dunkel wieder da.
Auf stand der Knabe, Furcht befiel auch ihn,
der erste Schmerz verstörte seine Stirne;
und scheu gehorchte er, und ging, und wuchs,
und immer wachsend ging er immer weiter,
bis ich im Morgendunst des Horizonts
ihn einem Schatten gleich verschwinden sah.

Nicht achtete das Weib des Wandrers mehr;
weitäugig starrte sie hinaus aufs Wasser,
als müßten immer neue Menschlein kommen,
sich Leben holen hoch an ihrer Brust.
Da konnt ich ihren Blick nicht länger dulden:
nur Einmal wollt ich in dies Auge sehn,
dies Geisterauge, das dort oben über
der grauen Flut aus seiner schroffen Höhe
so groß und bleich im Mondlicht flimmerte.
Und bittend, bettelnd hob ich meine Hände:
O komm! komm her zu mir und sieh mich an,
wie du den Säugling ansahst! Einmal nur
tu mir das Wunder deines Wesens auf!
Gib mir Erkenntnis! gib mir Ruhe, Ruhe

Da stieg sie dröhnend von dem Felsgrat nieder.
Vor ihren Schritten teilte sich die See.
Und näher, immer näher kam sie dröhnend.
Vor Schreck und Jubel sank ich in die Kniee.
Selige Tränen übermannten mich.
In strudelnden Farben floß ein Lichtmeer um mich.
Da stand sie vor mir, beugte sich herab.
Mit bleierner Faust umspannte sie mein Kinn
und bog es hoch. Aus meinen Tränen mußt ich
sie ansehn: Aug in Auge   oh Erkenntnis:
Stein war es! Stein! ein glotzender Opal!
Laut schrie ich in die Nacht, und wachte auf;
da sah ich weinend in den grellen Mond.

. . . .

Ohnmacht, Scham, Verzweiflung, Selbstgefühl
schrien mir zu: Spei deiner Qual ins Antlitz!
Lachhaft, lachhaft ist dein Kampfgewühl,
Gottnatur ist Menschenwahnwitz!

Menschheit ist ein sehnsuchtstrübes Rühricht,
überspannt von einem Regenbogen.
Darauf steht die schillernde Inschrift:
hier wird grenzenlos gelogen!

Brauchst du Rausch, den hat dir echt und klar
Noah nach der Sündflut schon erschlossen!
Und ich brauchte ihn fürwahr.
Wißt ihr's noch, ihr alten Zechgenossen?

Strindberg, herrlichster der Hasser,
Scheerbart, heiliges Riesenkänguruh,
und vor Allen Du, mein blasser,
vampyrblasser Stachu du,

der mit mir durch manche Hölle
bis vor manchen Himmel kroch,
Cancan tanzend auf der schwindelnden Schwelle
Przybyszewski, weißt du noch:

wie wir, spielend mit der blöden
Sucht nach unserm Seelenheile,
aufgestachelt von der öden
Wüstenluft der Langenweile

und der Glut der Toddydünste,
unser Meisterstück begingen
in der schwierigsten der Künste:
über unsern Schatten zu springen?!

Wie wir jedes Weib verpönten,
das nicht männlich mit uns tollte;
wie wir selbst auf Nietzsche höhnten,
der noch »Werte« predigen wollte!

Denn auch wir, wir waren Jeder
mehr als weiland Faust verschrien.
Darum schrieb ich auf mein Dichterkatheder:
Doctor sämtlicher Philosophieen!

Und da sah ich endlich sie erscheinen,
die noch niemals jemand sah,
sie, die Schöpferin des All-Einen,
sie, des Satans Großmama:

Venus Metaphysica

Plötzlich sah ich draußen das Feld
ganz von magischem Licht erhellt.
Durch die äußersten Straßen von Berlin
schien dies Licht mich ins Freie zu ziehn,
ich mußte nur immer gehn und gehn,
schließlich blieb ich im Sande stehn;
halbhoch in der Unendlichkeit
stand der Vollmond, meilenweit.
Ich wischte mir den Schweiß von der Stirne,
mir war so anders im Gehirne;
ich fühlte, mir wollte was passieren,
mir war so weltweit. Die Gaslaternen
schienen sich förmlich zu entfernen.
Hinter den schwarzen Vorstadtquartieren
drüben am dunkleren Himmelsrand
wurde ein Feuerwerk abgebrannt;
der letzte Böller war kaum verkracht,
da schlug's vom Rathaus Mitternacht.

Mir lief schon wieder der Schweiß vom Hute,
der Juli lag mir wohl im Blute;
ich sah mich um. Kein Laut von Leben;
bis hoch ins höchste Äthermeer
kein Bein! Die Landschaft dito leer,
ganz leer   Berliner Landschaft eben,
wo nur symbolisch hin und wieder
ein borstiger Büschel Gras aufsprießt,
als hätte der Sand ihn ausgeniest.

Seltsam: was hat der Mensch für Glieder!
Mich zwang ein geisterhaftes Regen,
in diesen Sand mich hinzulegen,
platt auf den Rücken. Der Mond stand grade
senkrecht über dem Schornsteinschlund
einer düstergrauen Fabrikfassade;
da stand er blank und kugelrund
wie aus der Kanone hochgeschossen.
Ich wünschte, er möchte runterfallen
und diesen unheimlichen Schornstein zerknallen,
und machte noch sonstige mystische Glossen,
zum Beispiel über die Jakobsleiter,
mir wurde immer weltenweiter.

Auf einmal   ich rieb mir die Augenlider,
aber wahrhaftig: jetzt schon wieder:
der Mond, kein Zweifel, er rührte sich.
Die Kugel verschob ihre Flecken und Falten,
sie schien mir beinah zwiegespalten;
und was ich bisher für den Mond gehalten,
die Geister überführten mich,
das war ein bloßer Gewohnheitsgedanke.
Denn frei der blöden Sinnenschranke
erkannt'ich: es war die hintre blanke
Lendenpartie und noch was Schlimmers
eines überirdischen Frauenzimmers.
Ihr Kopf war völlig unsichtbar,
auch Arme und Beine und Zehenspitzen;
sie mußte stark in Kniebeuge sitzen.
Doch aus allem Übrigen sah ich klar:
so'was, das gibt's blos in höheren Zonen,
sie hat, weiß Gott, vier Dimensionen.

So lag ich und entzückte mich
an ihrer wunderbar schwierigen Stellung,
mein Herz kam immer mehr in Schwellung,
und nur das Eine bedrückte mich:
ob die Geister wohl Unheil sinnten
mit dieser Offenbarung von Hinten.
Und kaum geahnt, da seh ich schon,
daß diese maßlose Weibsperson
nicht still sitzt. Himmel! sie kommt, mir graust,
unaufhaltsam auf mich losgesaust,
kommt immer näher, wird immer blanker,
hinten ihr Bannkreis wird immer schwanker,
mir schwindelt, mir vergeht das Licht,
mir will das Herz durch Haut und Hemd,
zitternd erwart ich das Donnergewicht,
und die Hände unter den Kopf geklemmt
 jetzt: ich oder sie: jetzt kommt der Stoß,
bumms! Schon will ich mich tot erklären,
aber da sitzt sie mir, wupp, im Schooß,
wupp: wie etwa die Hemisphären
eines Tragischen Heroinen-Popos.

Also Mut! und als Kenner der weiblichen Form
seh ich ihn mir nun näher an:
hm, ganz entwickelt, doch nicht abnorm
wie einen das Jenseits doch täuschen kann!
Sonst sah ich nichts als um den Kopf
einen dicken, grauen, gepuderten Zopf,

und da sie keine Anstalt machte
sich umzudrehn, so schwieg ich und dachte:
sie wird als Dame wohl Gründe haben,
dich nicht mit ihrem Anblick zu laben.
Die Beine hielt sie steif in der Mitte
zwischen den meinen in den Sand;
sie war wohl von dem luftigen Ritte
noch echauffiert. So lag ich galant
stille und fühlte durch die Hosen
ihre unsterblichen Pulse tosen.

Wupp! machte sie plötzlich wieder   und
ich muß gestehn, mir tat das wohl,
ich schloß die Augen   und wuppwup, hohl
erscholl jetzt durch die Nacht ihr Mund:
»Mein Name ist Meta«, wupp   »genauer
Frau *Meta Physika*« wupp. »Ich bin
Astralweib« wupp   »und von ewiger Dauer.«
Mir wurde immer wohler zu Sinn,
wie sie so jedes Komma und Zeichen
nachdrücklich angab in meinen Weichen.
Wupp: »Wem nämlich die krause Welt
nicht mehr genug von Vorne gefällt,
dem enthüll ich sie, wupp, von Hinten,
in den unaussprechlichsten Tönen und Tinten.
Und so hab ich mich, wupp, in Gnaden
auch bei Dir zu Gaste geladen,
wupp!« Das war mir nun sehr erbaulich,
aber sie wuppte mir fast zu gut;
mir wurde immer dunkler zu Mut,
immer beklommner, mir wurde graulig.
Ich wollte die Augen öffnen   vergebens:
ich lag im Starrkrampf rein geistigen Lebens.

Wupp, ging's unten in meinem Schooß
mit Himmelskräften von frischem los,
während sie oben grollte: »Du kleines
Menschlein willst dich gegen mich steifen?
Was, ich bin dir zu dunkel gewesen?
Ich? Na warte du: wupp! Ich, eines
der allgemeinsten weiblichen Wesen,
wupp, die nächtlich im Freien schweifen:
warte, du sollst es schon begreifen,
wupp, mein Ding-an-sich! wupp! zwar
es ist haarsträubend, aber wahr!«
Und wupp   ich hörte noch was wie »schleifen«,
mir rauchte der Kopf, mir schwand der Wille,

alle Gefühle standen mir stille;
denn immer eifriger wurde, oh,
dieser fürchterliche Astralpopo.

Endlich konnt ich mich wieder ermannen
und wage zu blinzeln: herrgott, da schwellen
ihre unbewußten Körperstellen
mir entgegen wie zwei Riesenpfannen.
Der Rücken ist   in beiden Axen
um mindestens drei Systeme gewachsen,
ich kann ihn garnicht zu Ende sehn;
von Kopf nicht mehr die geringste Spur,
ein dürftiger Zipfel vom Zopfe nur,
und nicht ein Wort mehr zu verstehn.
Doch, gottseidank, pausierte sie leise
mit ihrer sitzenden Arbeitsweise.

Ich überlege schon, ob ich sie bitte
sich zu entfernen; da   wupp, wup wupp
stampft's wieder los in meiner Mitte,
jetzt fast schon wie'ne Kanone von Krupp.
Von oben hör ich wie Unkenstimmen
dunkle Offenbarungen stöhnen,
die immer übersinnlicher tönen
und schon ins Transzendentale verschwimmen.
Ich stöhne selber: wie komm ich los!
Denn wupp, entsetzlich: mit jedem Stoß
wächst ihre physische Proportion
zurück in die vierte Dimension,
und immer fetter schwoll und fetter
ihr unermüdlicher Katterletter.[1]

Zwar ihr Vergnügen, das gönnt'ich ihr herzlich;
aber mir wurde die Sitzung schmerzlich.
Mein spiritistisches Fluidum
spritzte schon literweise herum;
ich hörte kaum noch ihr Gebrummsel,
ich armes menschliches Medibumsel.
Sie wuppte, wupp, immer wuppiger,
mir wurde immer matter und matter,
sozusagen immer schaluppiger.
Ich merkte mit Schrecken, daß ich platter
und platter wurde, und mit den letzten
Kräften schrie ich ins Äthermeer:
»Madam! Sie werden mir zu schwer!«

Aber ihre Bewegungen setzten
sich mit unveränderter Miene
nur noch kategorischer fort.
Sie trieb mir's gradezu wie zum Tort,
diese grenzenlose Buttermaschine;
sie wollte mich vollends, schien's, vergeistigen.
Jetzt wurde ich wild. Ich schrie: »Madam!
Heda! Wie können Sie sich erdreistigen,
mich so zu quetschen! ich bin kein Schwamm!
So hören Sie doch! Sie altes Kalb,
Sie Mondkalb Sie!« Da: hui, ein Kneifen,
ich höre die Engel im Himmel pfeifen

»Herr, mit Verlaub, ich bin ein *Alb*«,
brüllt sie, daß mir der Schädel gellt,
»und bleibe auf eurer unglaublichen Welt
gefälligst so lange, wie *Mir's* gefällt,
verstanden?!« Und *hui,* wupp, seh ich   o Grausen,
Erbarmen, Rettung   ihren Zopf
sich blähen und auf mich niedersausen:
der ganze Himmel erscheint Ein Schopf,
eine Wolke von dunstig wirbelnden Haaren,
die immer spiraliger niederfahren:
sie wickeln sich mir um alle Gelenke,
um Hals und Arme und Brust und Weichen
Gnade! ich kann kein Glied mehr rühren,
vor meinen Augen tanzen verrenke
riesige Paragraphenzeichen,
die mir alle Sinne zuschnüren
Gnade, ich sticke! Luft! Vergebens:
sie umwickelt mich immer wilder,
vor meinem Geiste erscheinen die Bilder
meines aprioristischen Lebens,
während sie meinen sterblichen Rest
immer platter a posteriori preßt
und wupp, ein Wühlen, und hui, ein Stieben:
ich fühle, wie sich die Seelenspitzen
ihrer Behaarung in alle Ritzen
und Poren meines Leibes schieben
ich möchte ächzen, ich kann nicht: ach,
es kriecht mir kribbelnd in Ohren und Mund,
in Gaumen, Kehle, Nase, und

hapschih, pschih! nies'ich   und bin wach.
Und liege im Sande mit der Nase,
dicht bei einem borstigen Büschel Grase.
Halbhoch in der Unendlichkeit

stand der Vollmond, meilenweit.

. . . .

Und so hab ich mit Gelächter
manchen Geisterrausch bestanden,
trank als Raum- und Zeit-Verächter
meinen Gottgeist fast zuschanden,

trank mich frei von Menschheit, Welt und Weib,
aber *war* das, *war* das Freiheit? Nein!
Mitten in den knechtischen Zeitvertreib
herzerkältender Spöttereien

tratest Du, Du, die gleich mir gelitten
unter Irrtum, Schuld und Sehnsuchtsleid
und sich dennoch Lebenslust erstritten,
herrlich in Liebseligkeit

Und ich sah die Wärme deiner Wangen,
deiner Augen strahlende Hoffnungsmacht:
eines Sommerglückes Prangen
mitten in der Winternacht!

Und ich zeigte dir mein scheues Wehe;
und du nahmst es schmeichelnd in den Schooß.
Aber wild erschrak's vor neuer Ehe.
Und ich rang mit dir   und rang mich los

los   und ließ mich vollends von der Schwere
meiner Einsamkeit, ich Narr, bezwingen;
über Länder, über Meere
trug ich ihre Last mit lahmen Schwingen.

Auf den blumigsten Inseln Griechenlands,
an Italiens blauesten Uferborden
saß ich echter deutscher Duselhans
voller Heimweh nach dem Norden.

Und jetzt lieg ich hier auf meinem harten
Pfühl in dieser fremden kalten Kammer
und verwühl mich mit erstarrten
Gliedern wieder in den alten Jammer.

Wie auch Du wohl. Und ich seh und höre
mich als Geist in brütenden Nebeln schwimmen
und dein ruhlos Herz beschwören,
prüfend, mit gedämpfter Stimme,

Fußnoten

1 Anm. d. Setzers: *Quatre lettres* = Vier Buchstaben scheint der Herr Doctor gemeint zu
haben.

Venus Occulta

Ist das noch die große Stadt,
dies Geraune rings im Grauen?
diese Männer, diese Frauen,
kaum erschienen, schon verschwunden;
und die Sonne steht so matt
wie ein kleiner, rotgewordner Mond da.

Drück dich dichter an mich an,
wie der Nebel an die Mauern!
Keiner stört den stillen Bann,
wenn wir Blick in Blick erschauern.
Sieh, wir schreiten wie vermummt in Weihrauch;
jeder wilde Laut wird stumm.

Hebe deinen dunkeln Schleier,
daß dein Atem mich erquickt!
Keiner stört die stille Feier,
wenn sich uns in diesem Dunste
fester Hand in Hand verstrickt.
Diese Straße mündet in den Himmel.

Oder weißt du, wo wir sind?
Küsse mir die Augenbrauen,
küsse mir die Seele blind!
Diese tote Stadt ist Babel,
und ihr blasser Dampf umspinnt
eine tausendjährig trübe Fabel.

Alle Farben sind ertrunken.
Nur auf deinem schwarzen Haare
flimmern noch die Purpurfunken
deines Hutes aus Paris,
rot wie unsre Lippenpaare;
und mein blauer Wettermantel raschelt.

Du, was träumst du? Deine Augen
waren eben wie zwei Kohlen,
die sich von der Glut erholen;
ja, du bist Semiramis!
Und in seinem dunkelblauen Mantel
führt dein Odhin dich ins Paradies.

Zwar, wir mußten durch viel dumpfe Gassen,
bis der Gott zu seiner Göttin kam,
und du hast manch braven Mann,
ich manch gutes Weib verlassen;
aber dies ist unsre letzte Irrfahrt,
drück dich dichter an mich an!

Sag mir   Nein: horch! was für Töne?
warum stehn wir so erschrocken?
Dies verhaltene Gestöhne
aus den Wolken, dies Gedröhne,
kannst du diesen Lärm begreifen?
Komm nach Hause, Fürstin! das sind Glocken.

Vor verschiednen hundert Jahren
herrschte hier ein Gott der Leiden
über traurige Barbaren.
Komm, wir wolln die Götter trösten,
daß sie sich in Dunst auflösten,
wir zwei seligen, verirrten Heiden.

. . . .

Aber *sind* wir denn noch Heiden heut?
will ich denn ins alte Paradies?
Hat nicht Er so Mann wie Weib erneut,
der die Kindlein zu sich kommen ließ?

Helft mir, Sterne! Hoch ob meiner Pein,
hoch ob jener Häuser finsterm Graus,
wie auf Bethlehem so mild und rein
strahlt ihr fernhin auf mein Vaterhaus.

Sprach er wahr, der klagende Lebenstraum,
den mein Wille gestern Nacht durchschritt?
Lautlos starrt der dunkle Weltenraum;
und im stillen wanderst du wohl mit,

Venus Vita

Und nun ein Feldweg, und um Morgengrauen;
die kahlen Bäume stehen da wie tot,
ich aber wandre, ohne aufzuschauen.

Ich fühle eine Furcht; und Regen droht.
Ich höre den gedüngten Acker schweigen;
und heute wird kein Morgenrot.

Die Straße teilt sich. In den schwarzen Zweigen
sagt keine Tafel mir die rechte Spur:
soll ich hinunter, soll ich steigen?

Da deucht mir, in der tiefen Flur
rief mich mein Name, aus ersticktem Munde.
Ich horche; Nichts. Im Osten nur

enttaucht ein Licht dem fernen blassen Grunde.
Es ist kein Stern, es schimmert warm und traut,
mir dämmert eine längst vergangne Stunde,

und wieder hör ich fern und laut
die bange Stimme meinen Namen rufen;
und mir graut.

Mir scheinen plötzlich diese Ackerhufen
bekannt; ich bin so wandermatt.
Und dieser Pfad, und diese Wurzelstufen?

Hinab!   Schon wird der Abhang glatt;
auf einmal, wie von einem Kinderwagen,
springt mir ein Rad

unter den Füßen auf. Ich seh es jagen,
es springt und rollt den Kiesweg vor mir her,
seh's Funken schlagen;

mein Schreck, mein Zittern wird Begehr,
ich muß ihm nach, es haben! Bis zur Kehle
hämmert mein Herz, das Rad rennt immer mehr,

und immer ruft mich klagend jene Seele
und winkt das Licht,
das Rad   halt!   Jetzt : ich greife   fehle :

es ist ein Lichtrad! halt! nach, eh's zerbricht!
Ich fass'es, stürze   wach'ich?   meine matten
Finger umklammern es   Nein   nicht:

in meiner Hand zerrann es wie ein Schatten.

. . . .

Werd'ich also stets ins Leere fassen?
lebt nichts ewig vor mir her?
Nein! ich will mir nicht vom Leben mehr
meinen Blick verblenden lassen.

Ihr selbst, ihr verführerischen Sterne,
wozu schürt ihr meine Seelennot?
Eisig haucht die gleißnerische Ferne:
ewig lebt allein der Tod.

Sei's denn! Umso unfaßbarer, freier,
umso weiter, unbegrenzter
strahlt des Daseins Auferstehungsfeier
niemals sah ich die Nacht beglänzter!

Stirb, du Sehnsucht meiner Jünglingsnächte:
eine reifere Inbrunst lebt mir nun:
Einst wird all dies tiefe Trachten ruhn,
aber ihm entsteigt in höhere Prächte

Venus Mors

Eine rote Feuerlilie schreitet
riesig durch die Weltennacht.
Von der Sonne bis zum Sirius breitet
sich ihr Scharlachkelch. Der Schacht
des gezähnten Schlundes kocht von Gluten,
düster flammt des Randes Zackenfirne;
um die wirbelnden Gestirne
schlingt sie hungrig ihre Samenruten.

Grell aufzüngelnd schlürft sie die getrennten
Welten gierig in den brünstigen Schooß;
aus den schwarzen Firmamenten
ringen Sonne, Sirius sich los.
Lodernd sehn sie die Unendlichkeiten
ihrer alten Sehnsucht überbrückt;
aus den Angeln wanken sie verzückt,
zu einander stürzen die befreiten.

Taumelnd folgen, brodeln, glühen
ringsum die Trabantenlüfte;
aus der brennenden Lilie sprühen
Lavastürme durch die Himmelsgrüfte.
Auf der Erde rast ihr Licht als Mord;
sengend frißt es Wälder, Ströme, Quellen,
Asche trieft aus blendenden Wolkenhöllen,
alle Kreatur verdorrt.

Nur ein Brautpaar will noch fühlend enden,
keuchend, schon erblindet beide;
mit den heißen Liebeshänden
tastet er an ihrem Kleide.
Aber in der Nacht der Seele
wird der wilde Durst zur Wut:
tastend wittert er ihr Blut,
beißt er, schlürft er sich in ihre Kehle.

Alles saugt der große Flammenschlund.
Kreisend will er überschäumen.
Rissig klafft der zuckende Muttermund,
Dämpfe bersten, Feuerpollen säumen
den zerfetzten Riesenblütenrand:
eine neue Welt entrollt der toten
Strahlend quillt sie aus dem morgenroten
furchtbar'n Siriusliebestodesbrand.

. . . .

Dahin also sehnt sich alles fort,
was auf Erden glimmt und flammt und loht;
selbst die flackernden Straßenlichter dort.
Und ich denk zurück an Dein Gebot,

als ich heut aus erstem Schlummer fuhr,
aufgescheucht von deinem Traumgesicht,
daß der Menschenwille von Natur
Bastard bleibt aus Finsternis und Licht,

Venus Homo

Nun weißt du, Herz, was immer so
in deinen Wünschen bangt und glüht,
wie nach dem ersten Sonnenschimmer
die graue Nacht verlangt und glüht;
und was in deinen Lüsten
nach Seele dürstet wie nach Blut,
und was dich jagt von Herz zu Herz
aus dumpfer Sucht zu lichter Glut.

In früher Morgenstunde
hielt heut ein Alb mich schwer umstrickt:
Aus meinem Herzen wuchs ein Baum,
o wie er drückt! und schwankt! und nickt!
Sein seltsam Laubwerk tut sich auf,
und aus den düstern Zweigen rauscht
mit großen heißen Augen
ein junges Vampyrweib   und lauscht.

Da kam genaht und ist schon da
Apoll im Sonnenwagen.
Es flammt sein Blick den Baum hinan;
die Vampyrbraut genießt den Bann
mit dürstendem Behagen.
Es sehnt sein Arm sich wild empor,
vier Augen leuchten trunken;
das Nachtweib und der Sonnenfürst,
sie liegen hingesunken.

Es preßt mein Herz die schwere Last
der üppigen Sekunden.
Es stampft auf mir der Rosse Hast;
er hat sich ihr entwunden.
Schon schwillt ihr Bauch von seiner Frucht,
hohl fleht ihr Auge: bleibe!
Er stößt sie sich vom Leibe,
von Ekel zuckt des Fußes Wucht,
hin rast des Wagens goldne Flucht.

Es windet sich im Krampfe
und stöhnt das graue Mutterweib.
Mit ihren Vampyrfingern gräbt
sie sich den Lichtsohn aus dem Leib.
Er ächzt   ein Schrei   Erbarmen : Ich,
mich hält der dunkle Arm umkrallt!

Da bin ich wach   doch hör ich,
wie noch ihr Fluch und Segen hallt:

Drum sollst du dulden, Mensch, dein Herz,
das so von Wünschen bangt und glüht,
wie nach dem ersten Sonnenschimmer
die graue Nacht verlangt und glüht;
und sollst in deinen Lüsten
nach Seele dürsten wie nach Blut,
und sollst dich mühn von Herz zu Herz
aus dumpfer Sucht zu lichter Glut!

. . . .

Seltsam: plötzlich ist mein Keller,
ist mein ganzes Bett verdunkelt,
während jeder Stern noch heller
über jenen Häusern funkelt.

An der Straße stehn wie Schemen,
stehn erloschen die Laternen.
Soll ich's mir als Zeichen nehmen?
Ja! als Zeichen von den Sternen!

Wie nach wilder Flucht ein Höhlentier,
wie einst David Nachts vor Saul verborgen,
so voll Himmelshoffnung wart ich hier,
so voll Bangen auf den Morgen.

Denn ich fühl's, ich muß sie wiedersehn
doch ein Zaudern, das ich kaum begreife,
raunt in mir: dann muß sie vor dir stehn
als die Wissende, die reife

Venus Sapiens

Nun, du Eine, tritt heran,
höre meine wahrsten Laute;
höre zu wie Jonathan,
als sich David ihm vertraute.
Schwer vom Hohn und Übermute
Goliaths herabgemächtigt,
hat bis heut in meinem Blute
noch der greise Saul genächtigt.

Zwielicht. Sterbend hängt die scharfe
Zunge aus dem Lästermaul.
Sieh, nun weint dein König Saul,
denn dein David singt zur Harfe.
Alle Kleider sind zerrissen,
die den alten König schmückten;
brütend hört er den Entzückten
nahen aus den Finsternissen.

Goliath tot! den König schauert;
seine Schwermut ahnt das Ende.
Und dein Sänger steht und trauert:
blutbefleckt sind seine Hände.
Aber weiter muß er schreiten,
seine Töne sind ein Bann,
selig greift er in die Saiten:
Komm, o komm, mein Jonathan!

Traure nicht um den gebeugten
Vater, dem vor morgen graut;
denn die Trübsal ist die Braut
aller nicht vom Geist Gezeugten.
Jonathan, du sahst ihn sitzen,
den Berater deiner Reife,
nackt und schamlos, und das steife
Haupt umstarrt von Lanzenspitzen.

Und du sahst vor seinem Zelt
sterben den Philisterfürsten;
aber Leben braucht die Welt,
laß uns nach dem Geiste dürsten!
Denn es weht von allen Hügeln
immer neu sein ewiger Segen;
lerne nur dein Herz beflügeln,
und er wird auch Dich bewegen!

Jonathan, zu jeder Frist
sei nun meiner Liebe sicher;
und sie ist viel sonderlicher,
als mir Frauenliebe ist.
Glutwind droht den jungen Saaten;
nimm den Bogen in die Hände,
daß dein Pfeil mir Warnung sende,
sinnt der Vater Wahnsinnstaten.

Jonathan, hier steh ich nackt;
du mein Bruder, Freund, Berater,

hilf mir, wenn die Glut mich packt!
Jona! Weib! noch giert der Vater!
Jona, Schwester! unsre Kinder
Gattin! weinen meine Saiten
»David, komm! du Überwinder
unsrer Unwillkürlichkeiten« ...

. . . .

Wird sie so mir Antwort blicken?
Ja! kein Argwohn soll mir mehr
meine Glaubenslust ersticken
ihre Seele atmet zu mir her.

Und in alle meine Finsternisse
dringt auf einmal lichter Sinn:
schimmernd wie durch Wolkenrisse
schwebt ein Wesen ob mir hin:

das beginnt mich anzulachen,
jungvertraulich, altvertraut
O, komm her aus deinem Himmelsnachen,
ja, seit ewig warst du meine Braut,

Venus Fantasia!

Leih mir noch Einmal die leichte Sandale;
sage, wer bist du, holde Gestalt?
Reich' mir die volle, die funkelnde Schale,
die du mir fülltest so viele Male!
Bist du die Jugend? Werde ich alt?

O! dann fülle die funkelnde Schale;
warum entweichst du mit aller Gewalt?
Leihe, o leih mir deine Sandale!
Willst du verschwinden mit einem Male,
weil ich Tor dich einst Törin schalt?

Jetzt, jetzt preis'ich die leichte Sandale;
horch, o horch, wie mein Loblied schallt!
Reich' mir noch Einmal die volle Schale!
Laß sie mich schlürfen zum letzten Male,
eh du verschwindest   o halt! halt! halt

. . . .

Ach   muß jeder Traum so enden?
Nüchtern lichtet bald der Tag
meine dämmergrauen Wände.
Und von Stern zu Stern hin sinn'ich nach,

wie doch jüngst dein flüchtiger Trost mich freute,
hoch in einer hellen Nacht,
die ich ruhelos wie heute
unter Geistern zugebracht,

Venus Regina

Ich träumte, und ich wußte, daß ich träume;
ich träumte, eine Fürstin sei gestorben.
Barhäuptig, nur ein spärliches Gefolge
von Trauernden, so stehn wir auserwählt
in einem grauen Raume, dumpf beengt
vom düstern Kreis der alten Sandsteinsäulen,
vom Balsamdufte, den die Tote atmet.
Am Sarkophage, der von Eisen ist,
steht der gebeugte Fürst; von oben stiebt
ein fahles Licht in die Rotunde, streift
sein jugendliches Haar, den Sarg, und flimmert
zu seinen Füßen in der offnen Gruft.
Der Fürst weint. Seine Tränen, einzeln, langsam,
zerblitzen an dem Eisenrand der Truhe;
der Stein des Bodens saugt die Tropfen ein.
Und auf der Truhe les'ich wie im Traum,
nein nicht, ich träume nicht, ich lese deutlich
in großen, grauen, eisernen Buchstaben:
REGINA SEMPITERNA MORTUA
seltsam: die Herrscherin, die ewig lebt,
die liegt hier tot. Ich habe ein Gefühl:
der Fürst hat seine Gattin sehr geliebt!
Ich höre staunend, wie wir alle singen,
ich selbst mitsingend:

Selig trauern
Edle um ein edles Leben.
Nie verliert sich, was gewesen;
wenn du deines Grams genesen,

wird in Sehnsucht, wird in Schauern
dir dein Wesen
das Verlorne wiedergeben.

Jetzt hat der junge Fürst sich aufgerichtet;
er wendet sich. Es ist ein Kaiser. Ja:
ich träume nicht: es ist ein Deutscher Kaiser,
im Krönungskleide steht er. Nein: es ist:
ich träume doch wohl? ja, du bist mein Freund,
mein einst in Lumpen umgekommener Freund,
in Schuld und Schande, jetzt ein Kaiser   nein:
ich träume nicht: ich selbst, Ich bin der Fürst.
Ich winke. Meine Edeln nahn und heben
und senken mir mein Liebstes in die Gruft.
Ich höre die gestrafften Seile gleiten,
ich stehe abgewandt, ich weine nicht;
nur selbst mit Hand anlegen konnt ich nicht,
nur nicht es sehn, nur diesen Balsamduft
nicht riechen mehr   o singt! singt mir das Lied,
ich mag dies marternde Geräusch nicht hören,
ich *will* nicht schluchzen! Und im Chore schluchz'ich,
schluchzt das Gewölbe:

Selig preisen
Freie ein befreites Wesen.
Was lebendig ist, will leben;
lerne mit den Geistern schweben!
Wenn sie dich aus deinen Kreisen
mit sich heben,
bist du deines Grams genesen.

Und ich beherrsche mich. Mein Herz verlangt
nach Licht. Und während hinter mir gedämpft
die dunkle Halle tönt, tret'ich ins Freie
taumle : der blaue Mittagshimmel drückt mir
blendend die Augen zu, betäubend stürmt ein
vieltausendstimmiger Jubel in mein Ohr,
der Atem stockt mir, ich erinnre mich,
ich kann jetzt sehn, es ist mein jubelnd Volk,
ich habe gestern ein Edikt erlassen
»Mein Volk soll *fröhlich* seine Toten ehren«
so wollte sie's   und wieder stürmt der Jubel.
Sie feiern Frühling. In Terrassen leuchtet,
vom Glitzergrün der Wipfel überbrämt,
ein weiter Park von Linden unter mir.
Ich steige nieder. Durch das schwärzliche
Gewirr der Äste glänzt das Festgewühl,

flimmern die Wiesen her. Von weißen Tauben
scheint alles Laub durchschwirrt; ein Maigeruch
bewegt die warme Luft und macht sie köstlich.
Doch Tauben fliegen nicht so wellenlinig
nein, Blütenquirle! Blüten weißen Flieders,
ein Meer von weißen Fliederblüten quirlt
zwischen dem Menschenjubel. Ich erkenne:
sie fassen, sie verlassen sich im Reigen,
im Reigen reichen sie die Blütenzweige
sich dar, und dem Geruch zuschreitend seh ich:
sie sind ganz nackt. Nein, ihre Glieder atmen
ein Licht aus, das sie einhüllt wie ein Schleier
durchsichtig dicht. Um Hals und Handgelenke
schimmern Geschmeide. Ihre Schultern schmücken
zartzarte Flügel wie von märchengroßen
Tagschmetterlingen oder Blumenblättern;
und wer in Blondhaar geht, hat blauen Schmelz,
wer braun ist, feuerroten   nirgends Schwarz.
So tanzt mein Volk und schwingt die Fliederzweige
und ehrt den Willen Meiner Lieben Frau
und sieht mich schreiten, wie im Traume schreit'ich,
und Jeder jubelt. Und auf einem Rasen
sprudelt ein Brunnen, den ein Schwarm von Mädchen
singend umwandelt:

Tröstliche Lüste
halten im Tode Leben verborgen.
Wissen macht Sorgen.
Wenn er sich drückte an meine Brüste,
wenn er mich küßte,
wußten wir nichts von gestern und morgen.

Mein Krönungskleid beengt mich; eine Wärme
strahlt wärmer als der Himmel aus dem nackten
Geleucht der Jünglinge und Mädchen. Seltsam:
von Schaar zu Schaar beschau ich mir mein Volk:
es sind nur jugendliche Menschen da.
Von Plan zu Plan sucht mein besorgtes Herz:
auch für die Alten ist doch Frühling! Aber
die Alten, seh ich, sind zu Haus geblieben;
sie murren wohl im Zwielicht ihrer Stuben,
sie kennen nicht mein kaiserliches Herz.
O, meine Jünglinge, singt lauter! ihr,
ihr ehrt den Willen Unsrer Lieben Frau
o lauter! Und das Laub der Linden bebt
vom Chor der Männer:

Lust ist Verschwenden,
leben heißt lachen mit blutenden Wunden,
Jahre sind Stunden!
Wenn sie an deinen beseligten Lenden
schien zu verenden,
hieltet ihr Höllen mit Himmeln verbunden!

Und immer wärmender wird ihr Geleucht,
und immer drückender mein Krönungskleid,
es brennt mich schon, ich werde rasten müssen;
ich will das Fest verlassen! Schon zerfließt
das Spiel der bunten Flügel fern im Grünen;
die Schultern schmerzen mir, der Park scheint endlos.
Die Bäume werden dichter, werden Wald;
ich komme in ein Tal voll alter Birken,
ich atme auf. Hier dringt der helle Jubel
nur noch wie heiliges Wipfelbrausen her,
kaum lauter als der Quell, der meinen Fußpfad
murmelnd begleitet. Tiefer sinkt das Tal
und biegt um einen Vorsprung, und der Quell
zerrieselt im Geröll zu Silberfäden,
die wie ein Lied   nein: eine Stimme klingt
das Tal wird Schlucht, ein Strudel blinkert unten,
die Birken streun bewegte Schatten drauf,
ein Brückensteg   und am Geländer lehnen
von Sonnenlichtern überdämmert zwei
der nackten Mädchen. Singend läßt die Blonde
ihr Haar vom Wasserstaub besprühn, ich horche;
ich bebe   träum'ich denn?   sie sieht mich, Beide
sehn mich und singen:

Warum beben?
Nur im Herzen ist es dunkel.
Was die Tiefen uns gegeben,
auszuleben,
mahnt des Baches Quellgefunkel.

Nein, nicht Traum! nein: mein süßer Schreck ist Leben!
und ihre Stimmen leben; Beide lebt ihr!
Du aber, Du da mit den Himmelsfarben,
du hast die Stimme Meiner Lieben Frau,
du sollst mein Trost sein, wie sie mir verhieß!
Ja, sie erwartet mich: sie winkt, sie kommt.
Ich sehe, wie der Schimmer ihrer Brüste
zwischen den Birken auftaucht und verschwindet.
Schon hebt sich deutlich von den weißen Stämmen
ihr Hals ab, ihr Türkisenschmuck und Arm,

ihr Gang, und der Rubinenschmuck der Andern.
Wie Atemzüge höht und senkt sich sacht
der Flügel Himmelsblau und Höllenrot.
Schon kann ich ihre Augenlichter sehn;
und seh sie, sehe sie, und wieder schießt mir
der süße Schreck vom Herzen in die Schläfen,
denn Du da, Du da mit den *braunen* Augen,
du hast die Augen Unsrer Lieben Frau,
du sollst der Trost sein, den sie mir verhieß!
Jetzt haben sie sich Hand in Hand gefaßt;
sie bleiben stehn, sie winken mich heran;
hinab! hin! ich! Sie fliehn; ich keuche schon.
Sie schwimmen durch den Bach ans andre Ufer.
In meinem Krönungskleide breit'ich ihnen
die Arme nach; ihr helles Lachen klingt.
Sie stehn und singen:

Kannst du schweben?
Aus dem Tal der Einsamkeiten,
wo die Kräfte sich erheben,
ruft das Leben
heim zum Wettspiel die befreiten.

Sie wenden sich, sie wollen mich verlassen,
wieder hinauf die Schlucht, zurück zum Fest.
Sie brechen Zweige vom Gebüsch, sie kränzen
im Gehn ihr Haar damit   o bleibt doch! wartet!
ich kann nicht nach so schnell! der Wassersturz!
die Brücke liegt zu weit! mein Krönungskleid,
mein schweres Krönungskleid, o wartet doch,
ich werf es ab! da liegt es! *O wie leicht
atmet der nackte Mensch!*   Das Wasser schäumt mir
um Brust und Schultern. Ich bin drüben; ich
erreiche euch! Sie flüchten. Ich bin schneller.
Ich höre hinter mir ein Schwirren: ich
bin *auch* beflügelt. Sausend, doppelfarbig,
aus Himmelsblau und Höllenrot geflammt,
treibt mich mein Schwingenpaar der Blonden zu:
ich halte sie. Ich   Beide muß ich haben:
dich mit den braunen Augen will ich noch!
Jetzt!   Nein. Die Blonde ist entschlüpft. Sie jauchzen.
Sie reichen sich die Hände. Jubelrufe
begrüßen unsre Jagd; Gesang; ein Reigen
tanzt blütenschwingend uns vom Fest entgegen.
Jetzt: zwischen meinen Fingerspitzen   ja:
hier braun, hier blond, ihr fliegendes Haar   und jetzt:
ich halte *Beide...* ach ... ich bin erwacht.

. . . .

Wie verschüchtert stehn die Sterne;
manche sind schon fast verschwunden.
In der zwielichtfahlen Ferne
mahnen sie an schwache Stunden.

Aus den hohen Häusern drüben gähnen
alle Fenster dicht verhangen.
Wieviel Lust mag da sich schämen
unter den geschminkten Wangen.

Wieviel Freiheit hockt da mißgestalt.
Freude, Freude, laß mich nicht verzagen!
Über jenes Dach wird bald,
bald der Morgenstern sich wagen.

Dunkle Allmacht, die ihn sendet,
hilf mein suchendes Herz behüten,
daß nicht neuer Trug es blendet!
Nein, hilf *nicht!* ich will's nicht hüten!

Trotz dem Notschrei des Propheten,
trotz der tausendjährigen Fleischverfluchung,
will ich wieder und wieder beten:
führe, führe uns in Versuchung!

Sei gepriesen, ewige Leidenschaft!
Wer Gefahr scheut, kann nicht siegen.
Laß uns mit geprüfter Kraft
aufstehn, wenn wir unterliegen!

Herz, vertraue deinem Triebe!
Seele, deine Weltbetrachtung
wird nur durch den Mut der Liebe
frei von Ekel, Reue und Verachtung.

O, schon spürst du's! Sieh, da steht sie wieder
trostreich vor dir, wie sie damals stand,
als sie innerst aus dem Äther nieder
ihren Pfad in deine Kammer fand:

Venus Consolatrix

Da kam Stern Lucifer; und meine Nacht
erblaßte scheu vor seiner milden Pracht.
Er schien auf meine dunkle Zimmerwand,
und wie aus unerschöpflicher Phiole
durchflossen Silberadern die Console,
die schwarz, seit lange leer, im Winkel stand.

Auf einmal fing die Säule an zu leben,
und eine Frau erhob sich aus dem Glanz;
die trug im schwarzen Haupthaar einen Kranz
von hellen Rosen zwischen grünen Reben.
Ihr Morgenkleid von weißem Sammet glänzte
so sanft wie meine Heimatflur im Schnee,
die Rüsche aber, die den Hals begrenzte,
so blutrot wie die Blüte Aloë;
und ihre Augen träumten braun ins Tiefe,
als ob da Sehnsucht nach dem Südmeer schliefe.

Sie breitete mir beide Arme zu,
ich sah erstaunt an ihren Handgelenken
die starken Pulse springen und sich senken,
da nickte sie und sagte zu mir: Du
du bist mühselig und beladen, komm:
wer viel geliebt, dem wird auch viel verziehen.
Du brauchst das große Leben nicht zu fliehen,
durch das dein kleines lebt. O komm, sei fromm!

*(Der Mittelsatz dieser Phantasie, der die sagenhaften Tugenden der Magdalenischen und
der Nazarenischen Maria in dem hier dargestellten weiblichen Wesen vereinigt zeigt, ist
durch Urteil des Berliner Landgerichtes vom 30. August 1897 für unsittlich erklärt worden
und darf daher öffentlich nicht mitgeteilt werden.)*

Da sprach sie wieder und trat her zu mir:
Willst du mir nicht auch in die Augen sehn?!
Und meine Blicke badeten in ihr.

Und eine Sehnsucht: du mußt untergehn,
ließ mich umarmt durch tiefe Meere schweben,
mich selig tiefer, immer tiefer streben,
ich glaube auf den Grund der Welt zu sehn
weh schüttelt mich ein nie erlebtes Leben,
und ihren Kranz von Rosen und von Reben
umklammernd, während wir verbeben,
stamml'ich: o auf   auf   auferstehn!

. . . .

Auf! In solcher Tiefe kann
ruhig nur die Urkraft strudeln.
Furchtsam fühl ich reifer Mann
wieder Kindheit in mir sprudeln.

Aber diese Furcht ist herrlich kühn,
ist die Ehrfurcht vor dem Übermächtigen.
Mit Entzücken seh ich euch verblühn,
bleiche Sterne! Sanft verdrängt die nächtlichen

Einzellichter ein noch kaum Geleuchte,
aber leuchtend wird es kühner:
Wo mir nichts als Grauen deuchte,
fängt ein Häuflein silbergrüner

Morgenwölkchen an zu gaukeln,
Hoffnungsinseln, goldgeränderte
an den weißen Ufern schaukeln
Freiheitsgondeln, buntbebänderte

Wohl, sie werden bald zerfließen,
aber ihre Farbenwellen
wirbeln weiter und ergießen
Trost in tausend Kerkerzellen.

Dankbar staun'ich in das Lichtgetriebe:
all der Glanz ist mir durch Dich entglommen,
Dich, du eine, einende Liebe,
der die Lüste alle frommen,

Venus Universa

Du sahst durch meine Seele in die Welt,
es war auch Deine Seele: still versanken
im Strom des Schauens zwischen uns die Schranken,
es ruhten Welt und Du in Mir gesellt.

Dein Auge sah ich grenzenlos erhellt:
Erleuchtung fluteten, Erleuchtung tranken
zusammenströmend unsre Zwiegedanken,
in Deiner Seele ruhte Meine Welt.

Und ganz im Weltgrund, wo sonst blindgeballt
entzweite Lüste hausen voller Fehle,
enthüllten sich auf einmal unsre Hehle
vereint als lauter Liebeslustgewalt.

Denn Liebe ist die Freiheit der Gestalt
vom Bann der Welt, vom Wahn der eignen Seele.

. . . .

Das ist Liebe. Und mit leichtem Sinn
gäb'ich all mein ernstes Selbstbeschauen
spielbereit für Dein Empfinden hin,
du liebseligste der Frauen!

Ja, solch Spiel das ganze Leben,
Lieberes könnt ich nicht erwerben;
Frohsinn hast du mir gegeben!
Doch auch Du, auch Du wirst sterben.

Wild und wehe und zum letzten Mal
wird mein Herz an deinen Leichnam schlagen;
still in unserm Freudensaal
wird dein steinern Bildnis ragen.

Einsam werd'ich wieder dann erschauern
vor den wirren Weltgewalten;
oh Vernunft, sie überdauern
unser menschliches Gestalten.

Blaß im Leeren steht der Morgenstern,
nur noch wie ein überflüssiges Pünktchen;
und doch hängt sich immer wieder gern
jede Seele an dies Fünkchen.

Bis aufs Meer hin sieht mein Geist es stehn
über tausend angstbefahrenen Gleisen,
sieht's in teilnahmloser Bahn sich drehn
bis ans Ende aller Erdenreisen

sieht die Schaaren der vom Sturm Umbrandeten,
die Myriaden der nach Rettung Winkenden,
der Gescheiterten, Gestrandeten,
der Verschmachtenden, Ertrinkenden

sieht sich mitgequält von all der Qual:
Seele, Seele, stirbst du nicht vor Grausen?!
Aber da vertreibt den trüben Schwall
eine Stimme, sternhin ein Erbrausen:

Venus Heroica:

Psalm an den Geist.

Bleibe dir heilig, Geist:
Herr deiner Seele!
Ein fremder Schein beirrt dich noch:
was spähst du nach Schiffen im Nebel,
von Andern gelenkt?!
Aus deinem Leuchtturm blickst du hinab,
und Ströme, auf denen der Erdball durchs Weltdunkel rast,
reißen an dir und reizen zum Sturz
hinunter ans lauernde Ufer.

Dort standest du schon als Jüngling;
und während Woge auf Woge kam,
schriebst du, den Krückstock tief einbohrend,
Namen auf Namen in den feuchten Triebsand,
geliebte Namen   und keiner blieb.

Manche taten schon so
und wurden stolze Verzweifler.
Aber mächtig macht nur der Glaube;
und Niemand lebt, den sein Tiefstes
nicht noch über die Sonne hinaufweist,
über die Sterne, und weiter.

Sahst du nicht gestern die Zimmerleute,
wie sie die Leiche auf der Leiter trugen,
vom Neubau weg;
machte nicht jeden ihrer schweren Schritte
die Kraft des Abgestürzten
sichrer als je ihn selber?!

Warlich, Keiner von Diesen
wird sich zu Tode stürzen;
und wenn sie einst den Geist aufgeben,
wird jede dieser sechs Handwerkerseelen
 wir Alle sind Erben
hell triumphierend an den Schauder denken,
als sie den Andern auf seinem Werkzeug trugen.
Bleibe dir heilig, Geist:
Herr deiner Seele!

. . . .

Auf denn, Seele! reck die Glieder!
fast beschämt mich mein Geträume;
draußen hör ich meinen biedern
Schuster schon am Werktisch räumen.

Und sein närrischer Altgeselle
wird nun gleich nach Frühstück brüllen
und mich dann mit Bibelstellen
ganz wie Tolstoi mürbe knüllen.

Warte nur, verehrter Schutzpatron:
heut kommt's anderst! Mit den Mucken
deiner christlichen Passion
kannst du dann den Pechdraht jucken.

Ja, ihr würdigen deutschen Volks-Betbasen,
faltet nur entsetzt die Hände!
Ehre genug für eure jüdischen Phrasen,
daß ich meinen Groll euch spende.

Wie mein gallischer Freund Charles Simon grollt,
dem ich mich verbrüdert fühle
mehr als jedem Teutobold:
»la nation c'est la crapüle.«

Himmel! kaum begreif ich noch die Sorgen
meiner düstern Selbstbetrachtung;
fröstelnd wie der junge Morgen
reiß ich mich aus der Umnachtung.

Nur noch Einmal will ich rückwärts schaun
auf die grimmigen Wochen meiner Haft;
nein   sie wehrt es mir mit letztem Grauen,
sie, die Stimme unsrer Schaffenskraft,

Venus Mea

Der Himmel gähnt, der Tag ist auferstanden,
ich habe nun genug geschaut nach Osten;
die Seele will in ihren Abendlanden
Vollendung kosten.
An dem Tor des neuen Evagartens
steht ein knöchernes Gerippe,
mit dem Ausdruck des Erwartens,
aber nicht mehr in der Faust die Hippe.

Sein Scheitel schimmert; eine Phönixfeder
ragt aus der Rechten steil zum Sonnenrand,
die spiegelt flammenfarbig, was je Jeder
war und empfand.
In der Stunde einer Liebesfrucht
sprüht ein Strahl aus diesem Spiegel;
dann erlischt die Wonnesucht,
keusch empfangt der dunkle Keim sein Siegel.

Schon dämmert Glanz; kristallne Ketten hängen
klar her zu dir aus väterlichen Sphären.
So sollst auch Du dich aus der Dämmrung drängen
und dich verklären,
Seele, bis dein grau Gehirn sich lichtet,
wie die Sonne scheint durch Eis,
und dir deine Brunst beschwichtet
und im Traum selbst deinen Willen weiß.

Noch flimmert's erst; tief lockt die alte Nacht
mit ihrer Schaar verworrner Muttergluten.
Doch du wirst weiterstrahlen! du bist Macht!
sieh, rings sind Fluten:
wenn zwei Liebende zusammensinken,
durch dein Glanzbild einst begeistert,
und im Rausch dann blind ertrinken,
wird ihr Keim von Deinem Geist gemeistert.

So tagt es. Mit dem Ausdruck des Verächters
sollst du dem alten Garten kalt entschreiten;
dir weist die Phönixfeder unsres Wächters
Unsterblichkeiten ...

. . . .

Nun verblich der Stern der Frühe;
meine Augenlider brennen.
Und die Sonne kann mit Mühe
die gefrornen Nebel trennen.

Mich verdrießt mein nächtlich Brüten.
Drüben an den Häuserwänden
sprießen diamantne Blüten.
Meine Prüfung kann nun enden.

Dieser Keller: dumpfer Zwinger!
Auf die dunstbelaufnen Scheiben
will ich breit mit steifem Finger
Venus Rediviva schreiben!

Denn ich weiß, du bist Astarte,
deren wir in Ketten spotten,
Du von Anbeginn, du harte
Göttin, die nicht auszurotten.

Ich jedoch war weich wie glühend Eisen;
darum sollst du mich in Wasser tauchen,
bis mein Wille läßt sein siedendes Kreisen
und der Stahl wird, den wir brauchen.

Nicht mehr will ich meine Brunst kasteien,
bis sie mit berauschter Durstgeberde
wünscht, daß unsre *Lüste* fruchtbar seien
und ein Wurm zur Göttin werde.

Nach der Nacht der blinden Süchte
seh ich nun mit klaren bloßen
Augen meine Willensfrüchte;
denn ich bin wie jene großen

Tagraubvögel, die zum Fliegen
sich nur schwer vom Boden heben,
aber, wenn sie aufgestiegen,
frei und leicht und sicher schweben.

Glitzernd harrt mein Horst. Du Eine,
die ich liebe: Ja und Amen:
heute komm ich! heut soll meine
Klarheit deinen Schooß besamen!

Schon errötet dort ein Giebel;
Sonne, mach ein bißchen schneller!
Tolstoi, bring mir meine Stiebel,
heut verlass ich deinen Keller!